KB114612

붕정대연가

붕정대연가(鵬程大戀歌) 12

임영기 新무협 판타지 소설

초판 1쇄 찍은 날 § 2021년 11월 18일
초판 1쇄 펴낸 날 § 2021년 11월 25일

지은이 § 임영기
펴낸이 § 서경석

총괄팀장 § 노종아
편집책임 § 김우진
디자인 § 스튜디오 이너스

펴낸곳 § 도서출판 청어람
등록번호 § 제387-1999-000006호
등록일자 § 1999. 5. 31
어람번호 § 제2-2893호

주소 § 경기도 부천시 부일로 483번길 40 서경B/D 3F (우) 14640
전화 § 032-656-4452 팩스 § 032-656-4453
http://www.chungeoram.com
E-mail § chungeorambook@daum.net

ISBN 979-11-04-92397-5 04810
ISBN 979-11-04-92299-2 (세트)

도서출판 청어람

12

임영기 新 무협 판타지 소설

Cover illust A4

붕정대연가

FANTASTIC ORIENTAL HEROES

붕정대연가

목차

第百二十章

대화강력(大華剛力)

너무 놀란 동방장천은 방어해야 한다는 사실조차 망각했다.

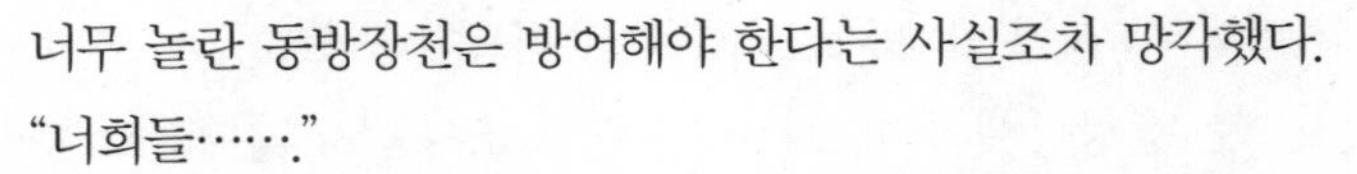

“너희들…….”

동방장천이 크게 놀란 것에 비해서 동방해룡과 동방도혜 남매는 조금도 흔들림이 없다.

동방남매에게 동방장천은 사실 남보다 못한 존재였다.

동방장천은 동방남매를 이 세상에 태어나게 해주었을 뿐이지 아버지로서 해야 할 어떤 의무도 행하지 않았다.

어머니의 말에 의하면 동방장천은 동방해룡과 동방도혜가 태어났을 때에도 얼굴조차 비치지 않았으며 아기들을 안아본 적도 없다고 했다.

그 반면에 동방해룡과 동방도혜, 그리고 어머니가 겪은 서러움은 이루 헤아릴 수 없을 정도였다.

동방해룡과 동방도혜는 이날까지 살아오면서 부친인 동방장천을 직접 대면한 적이 단 한 번도 없었다.

뿐만 아니라 그를 한 번도 '아버지'라고 불러본 적이 없으며 '태문주'라고 호칭해야만 했었다.

그랬으니 동방해룡과 동방도혜에게 동방장천은 부친이라는 느낌이 단 한 움큼도 없는 것이 당연했다.

동방해룡과 동방도혜는 진검룡이 임독양맥을 소통해 주고 벌모세수와 환골탈태을 시켜주어서 예전에 비해 두 배 이상 공력이 급증했다.

뿐만 아니라 그동안 피나는 연마를 거듭하여 지금 현재 부옥령의 칠 성에 달하는 초극고수로 거듭나 있었다.

그런 동방남매의 합공은 부옥령이 도와주지 않더라도 동방장천을 능히 상대하고도 남음이 있을 정도다.

동방장천은 자신의 자식인 동방남매를 보고도 감정을 드러낼 겨를이 없다.

동방남매가 하강하면서 쏟아내는 검법과 그 세기가 무시무시하기 때문이다.

부옥령은 동방장천이 주춤하는 사이에 한숨을 돌릴 수도 있지만 그러지 않고 즉각 무형검을 만들어 오른손에 움켜잡고 비리적하검의 뢰하검을 전개하여 휘몰아쳐 갔다.

우르릉!

동방장천은 부옥령과 싸우면서 미세하게 우위를 점했었는데 느닷없이 세 사람의 합공을 받게 되자 한순간 어찌해야 할지 갈피를 잡지 못했다.

동방장천은 정신없이 몸을 좌우로 흔들어서 세 사람의 공격을 아슬아슬하게 피하며 급히 어깨의 검을 뽑았다.

스르릉!

고래(古來)로 천하최고의 명검으로 불리는 오대신검(五代神劍) 중에 하나인 동명검(東明劍)이 용음을 흘리며 뽑혔다.

동방장천의 별호는 절대검황이다. 얼마나 검을 잘 다루면 '절대'라는 별호가 붙을 수 있겠는가.

'절대'란 모든 것의 꼭대기이며 최고봉이다. 거기에 '검황' 즉, 검의 황이다.

당금 무림에서 검으로는 세 손가락 안에 꼽히는 인물이 바로 절대검황 동방장천이다.

차차창! 꺼꺼껑!

검과 검끼리 부딪치는 것은 하수들이나 하는 짓이다. 최소한 일류고수만 돼도 쌍방 간에 필요 없는 칼질을 하지 않기 때문에 도검끼리 부딪치는 일이 드물다.

그렇지만 지금처럼 다수의 검 공격을 소수 혹은 한 사람이 피하는 것은 한계가 있으므로 검으로 쳐내서 막기도 한다. 막지 않으면 자신의 몸이 잘리거나 찔리기 때문이다.

부옥령의 별호는 흑봉검신이다. 그녀도 어북하면 별호가 흑봉이고 검신이겠는가.

검법을 펼치면 검은 봉황이 훨훨 춤을 추는 것 같다고 해서 흑봉이다.

그리고 검법이 더 이상 오를 데 없는 신의 경지에 이르렀다고 해서 검신 흑봉검신이다.

더구나 반로환동의 경지에 이른 그녀의 검법이야 두말하면 입만 아프다.

동방해룡과 동방도혜의 공력은 각각 사백이십 년과 사백십 년이다.

두 사람의 합공만으로도 동방장천을 능가하고 넘친다. 다만 동방장천은 강호 경험이 풍부하고 하늘을 농락할 정도의 검법을 지니고 있어서 가까스로 동방남매하고 평수를 이룰 수 있을 터이다.

그렇지만 거기에 부옥령이 더해졌으므로 동방장천으로서도 버틸 재간이 없었다. 십여 초가 지나자 패색이 완연하게 드러나서 연신 동명검을 휘둘러 막으면서 뒤로 물러나기에 급급하다.

차차창! 쩌껑! 껑!

"으음……!"

그러면서 그의 입에서 묵직한 신음이 저절로 흘러나왔다.

그의 굵은 눈썹이 꿈틀거리고 잘생긴 뺨이 씰룩거렸다.

"이놈들아……! 어찌 아비에게 이럴 수 있다는 말이냐……."

사실 동방장천은 이중고를 겪고 있다. 세 사람의 합공에 대한 육체적인 어려움과 자식들에게 공격을 당하고 있다는 정신적인 고통이다.

동방해룡은 발끈해서 버럭 노성을 터뜨렸다.

"닥치시오! 누가 우리 아비라는 말이오?"

동방도혜가 두 눈에서 시퍼런 살기를 뿜어내면서 표독스럽게 외쳤다.

"오라버니! 말대꾸하지 말고 어서 저자를 죽여요!"

자신이 씨를 주어 태어난 친자식의 대화가 이 지경에 이르니 아비인 동방장천으로서는 기가 찰 노릇이다.

그런데도 그는 자신이 이들 동방남매에게 무엇을 잘못했는지 전혀 깨닫지 못했다.

오히려 아비에게 덤비는 배은망덕한 불효자식이라는 생각이 분노가 솟구쳤다.

"이놈들……! 네 어미가 그렇게 가르치더냐?"

동방장천은 미친 듯이 몸을 움직이면서 상처 입은 맹수처럼 으르렁거렸다.

하지만 그는 어미 즉, 동방남매 모친에 대해서는 건드리지 말았어야 했다.

동방해룡이 극노하여 가일층 공력을 쏟아 공격을 퍼부으며 부르짖었다.

"닥치시오! 오늘 당신을 죽여서 어머니의 삼십 년 한을 갚

아야겠소!"

그때 부옥령의 전음이 동방남매의 귀에 전해졌다.

[룡아는 우측! 혜아는 뒤로 넘어가면서 공격해라!]

동방남매는 부옥령이 왜 그런 명령을 내렸는지 직감했다. 궁지에 몰린 동방장천이 도주할 수도 있기 때문이다. 그것은 그의 표정에서 읽을 수가 있다.

그는 방어만 할 뿐이지 공격다운 공격은 한 번도 하지 못하고 있는 중이다.

진검룡은 자신을 안고 있는 민수림에게 헐떡이면서 간신히 말했다.

"수림, 지금 저자를 죽이지 않으면 두고두고 후회하게 될 것입니다. 어서 가서 죽이십시오."

민수림은 피투성이가 된 진검룡을 품에 안은 채 고개를 가로저었다.

"싫어요. 하찮은 저자의 목숨이 검룡보다 소중한가요?"

"수림……."

진검룡은 답답한 표정을 지었지만 누가 보더라도 그의 상처는 매우 심각했다.

왼쪽 어깨는 관통을 당해서 그렇다고 쳐도 왼쪽 옆구리가 뭉텅 뜯겨 나가서 장기와 내장이 흘러나오고 피가 쉴 틈 없이 흘러서 곧 어찌 될 것만 같았다.

"어서 순정기를 끌어올려서 치료해요."

진검룡은 핏발이 곤두선 눈으로 금혈마황과 동방장천을 번갈아 쳐다보았다.

그가 보기에 바로 지금이 동방장천과 금혈마황을 죽일 수 있는 절호의 기회다.

만약 지금 저 둘을 죽이지 못한다면 앞으로 두고두고 후회할 일이 생길 것 같았다.

동방장천은 부옥령과 동방남매에게 포위되어 전전긍긍하고 있으며, 금혈마황은 훈용강을 비롯하여 다섯 명에게 협공을 당하여 풍뎅이처럼 제자리에서 뱅글뱅글 돌고 있었다.

진검룡은 헐떡거리다가 길게 숨을 내쉬었다.

"후우… 수림."

"아무 말도 하지 말아요."

진검룡은 민수림을 안심시키려고 최대한 진정한 모습을 보이려고 애썼다.

"날 봐요, 수림."

"검룡, 내게는 검룡이 천하이고 모든 것이에요. 검룡이 없으면 나도 없어요."

"……."

민수림의 말에 진검룡은 갑자기 심장이 콩알처럼 작아지고 목이 콱 막혔다.

민수림은 진검룡을 품에 꼭 안고 속삭였다.

"누굴 죽이는 것 따위 나한테는 하나도 중요하지 않아요. 내가 중요하게 여기는 것은 검룡이 무사한 거예요."

"수림……."

"저들이 죽고 영웅문이 천하를 제패한들 검룡이 없으면 그게 무슨 소용인가요?"

그렇다. 그것은 민수림 말이 옳다. 그 순간 진검룡은 하나의 큰 깨달음을 얻었다.

진검룡 자신이 멀쩡하고 나서 그다음에 천하를 얻든가 무림을 제패하든가 해야지 자신에게 무슨 일이 있어서 죽거나 병신이 된다면 천하가 아니라 우주를 일통하더라도 아무런 소용이 없는 것이다.

민수림은 진검룡을 안고 훌쩍 몸을 날려 돌계단 쪽으로 훨훨 날아갔다.

이어서 그를 돌계단 위에 반듯하게 눕히고 나서 그의 얼굴을 사랑스럽게 내려다보았다.

"어서 순정기를 일으켜요."

제아무리 극심한 중상을 입은 사람이라도 진검룡이 손을 대고 순정기를 주입하면 어느 누구라도 다 살아났다.

"알았습니다."

진검룡은 더 이상 고집부리지 않고 조용히 대답하고는 가만히 눈을 감고 순정기를 일으켰다.

민수림은 그 스스로 치료를 하는 동안 호법을 서주려고 그 옆에 책상다리를 하고 앉았다.

금혈마황은 훈용강을 비롯한 다섯 명의 합공을 받으면서 동분서주 정신이 없다.

보통 절정고수 한 명과 일류고수 다섯 명이 싸우면 절정고수가 조금 우위를 점한다.

그러나 금혈마황 같은 초극고수와 훈용강 같은 초절고수 다섯 명이 싸우면 양상이 달라진다.

콰차차차창!

쩌쩌쩌쩡!

더구나 훈용강을 비롯한 다섯 명은 하나같이 검을 사용하고 있으므로 맨손인 금혈마황은 오래지 않아서 싸우는 데 한계점에 도달하게 되었다.

그는 궁지에 몰리다가 간혹 기회를 잡아서 벼락같이 금혈신강을 발출했지만 그게 뜻대로 되지 않았다.

예를 들어 금혈마황이 절호의 기회를 잡아서 어느 한 명에게 번개같이 금혈신강을 발출하는 순간 다른 네 명의 공격이 소나기처럼 퍼붓기 때문에 발출한 금혈신강을 거두지 않을 수가 없다.

그 한 명을 죽이겠다고 고집을 피우다가는 그를 죽이기 전에 자신이 당할 것이기 때문이다.

뻐억!

"흐악!"

차악!

"윽……!"

바로 그때 욕심을 낸 금혈마황이 금혈신강을 뿜어내서 손록의 복부를 강타했지만 훈용강과 태동화가 휘두른 이검에 등과 엉덩이를 길게 베이고 말았다.

금혈마황은 피를 뿌리면서 번뜩 신형을 날려 그 자리에서 십여 장이나 날아갔다.

싸우다가 도망치는 일에 익숙하지 않은, 아니, 이날까지 단 한 번도 도주라는 것을 해본 적이 없는 그는 지금이 도망치기 최적의 기회라는 사실을 깨닫지 못했다.

쿵!

그는 묵직하게 땅에 내려섰다가 호흡을 가다듬고 공력을 끌어올리면서 반격할 태세를 갖추었다.

다음 순간 훈용강을 비롯한 네 명이 이쪽으로 쏜살같이 쏘아오는 광경을 보는 순간 금혈마황은 아차! 하는 표정을 만면에 떠올렸다.

그는 그제야 자신이 물러난 김에 도망치는 것이 옳았다는 생각을 했다.

그는 다급한 표정을 지으면서 훈용강 등을 쳐다보다가 동방장천을 쳐다보았다.

동방장천은 금혈마황보다 더하면 더했지 못하지 않은 상황에 처한 모습이다.

그때 금혈마황은 동방장천에게 급히 전음을 보냈다.

[천아! 대화강력(大華剛力)을 전개해라!]

사부 금혈마황의 전음을 접한 동방장천은 일순 아! 하는 표정을 지었다가 곧 이를 악물었다.

대화강력은 그가 마지막 폐관을 한 이 년 동안에 전력으로 성취한 서장(西藏)의 신공이다.

대화강력을 전개하면 순식간에 평소보다 두 배 정도 공력이 급증하는데 그 대신 이성을 잃게 된다.

그리고 대화강력을 전개하기 직전 마지막까지 하고 있던 생각이 계속 유지되어 그를 지배한다.

그뿐 아니라 자신이 대화강력으로 변해 있었던 동안의 일을 하나도 기억하지 못한다.

말하자면 대화강력의 상태는 동방장천이 아닌 전혀 다른 괴인이 되는 셈이다.

그렇지만 지금 동방장천으로서는 선택의 여지가 없다. 무조건 대화강력을 전개해야만 한다.

* * *

현재 상황이 일 각, 아니, 반 각만 더 지속된다면 동방장천과 금혈마황은 이곳에서 죽음을 맞이할 가능성이 크다.

부옥령과 동방남매가 삼면에서 뿜어내는 검강의 소나기가 동방장천을 꽁꽁 가둬 버렸다.

콰아아!

최악의 상황이다. 동방장천은 오른손에 검을 쥐고 있지만 이럴 때 어떻게 해야 할지 판단이 서지 않았다.

대화강력을 시전하려면 구결을 외워야 하고 특수한 방법의 운기를 해야 하는데 지금 같은 상황에서는 눈을 한 번 깜빡거릴 겨를조차 없다.

지금 당장 자신을 향해 쏟아지는 저 수백 줄기의 검강들을 막지 않으면 대화강력을 전개하기도 전에 죽음을 당하고 말 것이다.

동방장천은 방금 전까지 수십 번이나 전개했던 검막(劍幕)을 다시 한번 만들어냈다.

쑤와아앙!

독특한 검명에 이어서 동방장천을 중심으로 커다란 우산 같은 검막이 형성됐다.

그가 만든 검막은 검강의 막(幕)이다. 검기(劍氣)의 막과 검강의 막은 근본적으로 다를 뿐만 아니라 만들어내는 방법 자체가 크게 다르다.

검에 공력을 주입해서 뿜어내는 것이 검기이고, 체내의 공력을 강기로 응결(凝結)해서 그것을 검을 통해서 발출하는 것이 검강이다.

검기는 제아무리 강력해도 나무를 관통하거나 자르는 정도이고, 검강은 바위와 쇠를 뚫고 자른다.

지금 부옥령과 동방남매가 맹공을 펼치고 있는 것이 모두 검강이기 때문에 동방장천도 검강의 막을 펼쳐서 방어를 해야만 한다.

검기의 막을 펼쳤다가는 단 한 번의 공격조차 막아내지 못하고 산산조각 나고 말 것이다.

쩌꺼꺼껑!

부옥령과 동방남매 세 사람의 검강이 무지막지하게 퍼붓자 검막이 요동치며 굉음을 터뜨렸다.

원래 투명한 검막이라서 육안으로 보이지 않지만 검강의 소나기가 강하게 두드리니까 무수한 불꽃들이 마치 물방울처럼 피어났다.

"크으으……."

검막이 요동치면서 일그러지자 동방장천은 얼굴을 일그러뜨리며 고통스러운 신음을 흘렸다.

검막은 한 번 펼치면 끝나는 것이 아니라 전개한 사람 즉, 시전자하고 계속 연결되어 있다.

시전자가 쉬지 않고 공력을 뿜어내야지만 검막이 펼쳐져 있는 것이다.

그렇기 때문에 검막에 어떤 충격이 가해지면 그것이 시전자에게 고스란히 전해진다.

"우욱……!"

동방장천은 울컥하고 핏덩이를 토했다. 그 충격 때문에 공력이 이어지지 않아서 검막이 흩어졌다.

그 순간 기다렸다는 듯이 부옥령과 동방남매의 공격이 쏟아져 내렸다.

콰우웅!

세 사람의 공격은 흡사 산악이 무너지는 위력과 맞먹을 정도로 동방장천을 향해 쇄도했다.

입과 코에서 피를 흘리고 있는 동방장천은 그걸 보면서 정신이 아득해졌다.

이제는 검강의 막을 만들어낼 여력이 없으므로 저 공격을 고스란히 맨몸으로 맞아야 하기 때문이다.

아무 생각도 나지 않았고 오히려 지금 이 순간이 평온하다는 느낌마저 들었다.

자신에게 검강이 소나기처럼 쏟아지는 짧은 순간이 영겁의 긴 시간처럼 느껴지며 온갖 상념들이 뇌리를 스치면서 지나갔다.

그 어수선하면서도 명료한 느낌이 드는 이상한 순간에 그는 단 한 가지만은 분명하게 느꼈다.

지금까지의 삶이 무척이나 부질없다는 생각이다.

[천아! 피해라!]

바로 그때 사부 금혈마황의 다급한 전음이 동방장천의 고

막을 세차게 두드렸다.

'아……!'

동방장천은 정신이 번쩍 들었다. 그리고 자신을 향해 머리 위까지 쇄도해 있는 눈부신 검강들을 발견했다.

어떻게 몸을 날렸는지도 모르게 그는 옆쪽 지면을 향해 정신없이 굴렀다.

그 당시의 그는 몰랐지만 죽음 직전에 놓인 그는 최후의 힘을 발휘하여 무려 십여 장이나 멀리 몸을 데굴데굴 굴려 검강의 공격권에서 벗어났다.

온몸이 흙투성이에 옷은 여기저기 찢어지고 동방장천 자신은 모르고 있지만 여러 군데 상처도 입었다.

'어서 대화강력을!'

그는 엎드린 자세에서 앞뒤 가릴 것 없이 즉시 대화강력의 구결을 외우면서 공력을 운기했다.

부옥령과 동방남매는 지면에 엎드려 있는 동방장천을 향해 독수리처럼 날아갔다. 이번에야말로 그의 숨통을 끊어놓을 용맹한 기세다.

싸움터에서 멀찌감치 떨어진 곳에서 상황을 지켜보고 있는 사람들은 눈을 휘둥그렇게 뜨고는 얼굴에는 경악지색을 가득 떠올렸다.

조양문을 비롯한 남창과 인근 방파, 문파의 수장들은 영웅문 사람들이 동방장천과 금혈마황을 상대로 싸우며 시종 우위를 점하는 광경을 눈으로 똑똑히 보면서 불신과 경악의 표정을 가득 떠올렸다.

영웅문 사람들이 검황천문의 태문주 동방장천과 전대의 대마황인 금혈마황을 계속 궁지로 몰면서 금방이라도 죽일 것 같은 상황을 연속적으로 만들어내고 있는 것이 현실처럼 여겨지지 않았다.

이렇게 되면 영웅문이 검황천문을 괴멸시키고 강남무림을 제패하여 평화롭게 만들겠다고 큰소리치는 것이 헛소리만은 아니라는 얘기다.

특히 일찌감치 진검룡의 수하가 된 권부익과 당재원 등은 너무나도 기뻐 가슴이 터질 것처럼 부풀어서 어쩔 줄 모르고 주위에 있는 사람들에게 어깨를 으쓱거리며 의기양양했다.

"크으으……."

엎드려 있는 동방장천의 입에서 그르렁거리는 맹수의 소리가 흘러나왔다.

두 눈에 핏발이 곤두섰으며 붉은 안광이 흘러나오는데도 눈에 총기가 없다.

땅을 짚고 있는 왼손과 동명검을 움켜쥐고 있는 오른손 손등에 힘줄이 툭툭 불거졌다.

그의 얼굴이 힐끗 한쪽 방향을 향했다.

그곳에서는 부옥령과 동방남매가 쏜살같이 쏘아오면서 각자 검법을 전개하여 검강을 쏟아내고 있었다.

눈 한 번 깜빡할 순간이면 무시무시한 공격을 받을 텐데도 동방장천은 느릿하게 몸을 일으켰다.

보통은 두 손으로 땅을 짚는데 그는 몸이 저절로 스르르 일으켜졌다.

부옥령 등은 공격을 퍼붓다가 동방장천의 이상한 행동에 가볍게 놀랐다.

그러나 공격을 멈추지 않았다. 동방장천이 손으로 땅을 짚지 않고 일어난 가벼운 행동이 공격을 멈출 정도는 아니라고 판단했다.

쿠와아앗!

세 사람은 가일층 공력을 주입하여 우뚝 서 있는 동방장천의 몸에 검강을 쏟아냈다.

민수림은 초조한 얼굴로 진검룡을 굽어보았다.

반듯한 자세로 누워 있는 진검룡은 안색이 창백하고 어깨와 옆구리에서는 계속 피가 흐르고 있다.

민수림은 그의 어깨와 옆구리에서 피가 흐르는 것을 보고 걱정이 앞섰다.

그가 순정기를 끌어올렸다면 지금쯤 지혈이 됐을 텐데 어째서 계속 피가 흐르는 것인지 알 수가 없다.

그렇다고 민수림이 직접 지혈할 수는 없다. 진검룡이 순정기로 치료를 하고 있는 중이라면 자칫 주화입마에 들 수도 있기 때문이다.

그래서 민수림은 어느 때보다도 초조한 심정이다. 진검룡을 건드리면 주화입마에 들 수도 있고 가만히 있자니 그의 상처에서 계속 피가 흐르고 있다.

마침내 지켜보던 그녀는 참지 못하고 진검룡에게 조심스럽게 말문을 열었다.

"검룡, 지혈이 안 되나요?"

"……."

그렇지만 진검룡은 아무 대답이 없을 뿐만 아니라 미동조차 없다.

민수림은 겁이 더럭 났다. 만약 진검룡이 순정기를 끌어올리기 전에 혼절한 것이라면 현재 그는 저승의 문턱을 넘고 있을 것이기 때문이다.

쩌러렁!

그때 저만치에서 엄청난 폭음이 터졌다.

부지중에 민수림의 시선이 그쪽으로 향했다.

동방장천이 수중의 검을 막 휘두른 자세를 취하고 있으며 부옥령과 동방남매가 허공으로 날려지고 있는 광경이다.

그렇지만 민수림은 그런 것에는 관심이 없다. 그녀의 관심사는 오로지 진검룡뿐이다.

그녀가 다시 진검룡을 쳐다보려고 하는데 그가 눈을 뜨고 부옥령 쪽을 쳐다보면서 말했다.

"수림이 가서 도와주십시오."

"검룡……."

진검룡은 창백한 얼굴에 엷은 미소를 떠올리면서 다정하게 말했다.

"나는 스스로 치료를 하는 중이니까 안심하고 수림은 어서 저들을 도와주십시오."

그가 이렇게까지 말한다면 스스로 치료를 하고 있는 것이 맞겠지만 그런데도 민수림은 마음이 놓이지 않았다.

"그럼 내가 지혈만 할게요."

그녀는 말과 함께 진검룡의 대답을 기다리지 않고 손을 뻗어 그의 어깨와 옆구리의 지혈을 시작했다.

그러면서 혹시나 하는 마음에 그녀는 자신의 체내에서 순정기를 일으켜 보았다.

그녀는 진검룡의 상처를 지혈하면서 상처를 통해 순정기를 주입했다.

"……!"

그렇지만 순정기가 주입되지 않았다. 순정기와 공력은 느낌이 다른데 상처로 주입되고 있는 것은 순정기가 아니라 그냥 공력이었다.

'어째서…….'

무엇 때문에 순정기가 주입되지 않는 것인지 알 수가 없어서 민수림으로서는 답답하기만 했다.

어쨌든 민수림은 잠깐 사이에 진검룡의 어깨와 옆구리 지혈을 마쳤다.

"어서 가봐요."

진검룡의 시선은 동방장천에게 밀려서 위태위태한 부옥령과 동방남매에게 고정되었다.

"수림이 도와주고 오면 나는 치료를 끝냈을 겁니다."

마지막 진검룡의 말에 고무된 민수림은 진검룡을 온화한 눈빛으로 바라보고는 부옥령 쪽으로 신형을 날렸다.

진검룡은 멀어지는 민수림을 보면서 낮은 한숨을 토했다.

'휴우… 큰일 날 뻔했구나.'

사실 그는 아까 줄곧 혼절해 있다가 조금 전의 폭음에 놀라서 깨어났던 것이다.

만약 동방장천이 공격하고 부옥령과 동방남매가 방어하면서 일으킨 그 엄청난 폭음이 아니었으면 진검룡은 계속 혼절 상태에 빠져 있었을 것이다.

그랬다면 상처를 치료하지 못하고 결국 죽음을 당했을 가능성이 높다.

어쨌든 그는 자신이 아직 죽을 운명이 아니라고 여기고 치료하기 시작했다.

콰차차창!

부옥령은 갑자기 변해 버린 동방장천 때문에 놀라움을 감추지 못했다.

조금 전까지만 해도 궁지에 몰려서 땅바닥을 구르는 수치스러운 뇌려타곤 수법을 써서 겨우 목숨을 건지는 등 전전긍긍하던 동방장천이 느닷없이 부옥령 등 세 사람을 상대로 기세등등하고 있지 않은가.

부옥령이 봤을 때 동방장천은 갑자기 무공이 고강해진 것이 아니라 공력이 급증한 것 같았다.

그가 전개하는 검초식이나 경공술은 아까와 다를 바가 없는데 위력이 두 배 가까이 급증했다.

아까는 세 사람의 공격을 받으면 피를 토하거나 퉁겨서 날아가기 바빴는데 지금은 오히려 부옥령과 동방남매가 뒤로 밀리고 있었다.

조금 전 동방장천이 뇌려타곤 수법으로 몸을 날려서 땅바닥을 구르고 난 후에 변한 것 같았다.

그오오옷!

동방장천은 동방도혜를 향해 집중적으로 공격을 퍼붓고 그것을 부옥령과 동방해룡이 같이 막아주고 있다.

아까 동방도혜가 계속해서 동방장천을 죽여야 한다고 고래고래 악을 썼는데 그것이 동방장천 뇌리에 깊이 각인되어 줄기차게 그녀만 죽이려고 하는 것이다.

두 차례의 공격을 정면으로 막아낸 동방도혜는 기혈이 역류하고 내장이 크게 흔들려서 목구멍으로 자꾸만 핏물이 올라오는 것을 삼키고 있는 중이다.

동방장천의 세 번째 공격 역시 동방도혜를 향해 무시무시하게 휘몰아치고 있다.

동방장천은 좌우를 살피지 않고 오로지 동방도혜에게 전 공력을 집중한 검강을 퍼붓고 있다.

허공에 떠 있다가 땅에 내려선 동방도혜는 겁에 질려서 그 자리에 주저앉고만 싶은 심정이다.

第百二十一章

죽음들

그가아앙!

허공에서 장수말벌 천 마리가 동시에 비행하는 듯한 기이한 굉음이 터졌다.

동방장천은 부옥령과 동방해룡은 아예 눈에 보이지 않는지 동방도혜만 노리고 곧장 동명검을 그어댔다.

하지만 그 단순한 검격이 더 무섭고 위력적이다. 상대가 반격할 것과 주위의 환경 같은 것을 염두에 두고 공격을 하면 자연히 위력이 떨어지게 마련이다. 정신과 공격이 여러 군데로 분산되기 때문이다.

동방장천은 대화강력을 전개하기 전보다 거의 세 배 가까운 위력을 뿜어내며 동방도혜를 짓쳐갔다.

동방도혜는 두 번의 공격에 이미 큰 충격을 받았으며 또 매우 놀란 상태다.

동방장천의 공격에 직접 적중되지는 않았지만 충격의 여파에 장기와 내장이 크게 흔들렸다.

부옥령과 동방해룡이 도와주지 않았으면 그녀는 동방장천의 처음 공격에 즉사했을 것이다.

부옥령은 동방장천의 측면을 공격하면서 동방해룡에게 전음을 보냈다.

[룡아! 측면을 전력으로 공격해라!]

동방해룡은 부옥령의 자세한 설명을 듣지 않고서도 그녀의 내심을 즉시 알아차렸다.

지난 두 번의 공격에서 동방장천은 자신의 안위를 돌보지 않고 무작정 동방도혜만 공격했었다.

동방도혜 옆에 있던 부옥령과 동방해룡은 좌우로 부채처럼 펼쳐지며 공력을 끌어올렸다.

두 사람은 움켜쥐고 있는 각자의 검에 공력을 주입하면서 동방장천을 향해 덮쳐갔다.

양쪽에서 전력으로 합공하면 동방장천을 충분히 물리칠 수 있을 것이라고 믿었다.

부옥령의 계산으로는 충분히 동방장천을 쓰러뜨릴 수 있을 것 같았다.

[혜아! 너도 물러나지 말고 공격해라!]

부옥령은 거기에 더해서 동방도혜도 공격하라고 급히 전음을 보냈다.

주춤거리면서 물러나고 있는 동방도혜는 부옥령의 전음을 듣고 멈칫했다.

부옥령이 뒤늦게 생각해 낸 것이지만 동방장천을 합공하는데 사백십 년 공력의 동방도혜까지 가세하면 훨씬 더 효과적일 터이다.

[뭘 하느냐? 어서 공격해라!]

부옥령은 동방장천을 향해 무형검을 그어 검강을 뿜어내면서 전음으로 소리쳤다.

합공이라는 것은 정확한 방위에서 적시에 그리고 동시에 이루어져야 최고의 효과를 거둘 수가 있다.

부옥령은 동방도혜에게서 시선을 거두며 미간을 잔뜩 좁히고 내심 소리를 질렀다.

'바보 같은 놈!'

부옥령이 동방장천에게 무형검을 그어가고 있을 때 동방도혜는 그제야 공격할 자세를 취하고 있었다.

그러면 부옥령과 동방해룡이 합공하고 난 직후에 동방도혜의 공격이 더해지게 될 터이다.

그렇게 하면 동방도혜가 공격을 하지 않은 것보다는 낫겠지만 세 명이 합공을 한 것보다 효과는 덜하다.

그런데 다음 순간 부옥령이 전혀 예상하지 않았던 일이 벌어졌다.

"……!"

부옥령과 동방해룡이 표적으로 삼고 합공을 펼친 동방장천이 여태까지보다 두 배에 달하는 속도로 동방도혜를 향해 쏘아간 것이다.

동방장천이 갑자기 속도를 높일 것이라고는 추호도 예상하지 못했다.

그런데 다음 순간 동방장천을 놓쳤다는 것보다 더 중대한 일이 발생했다.

부옥령과 동방해룡이 좌우에서 동방장천의 측면을 공격했는데 졸지에 표적이 사라져 버리니까 서로를 공격하는 형태가 돼버린 것이다.

더구나 부옥령과 동방해룡은 앞으로 쏘아가는 상황이었기에 동방장천이 사라지자 서로를 아주 가까운 이 장 이내에서 공격하게 됐다.

전력을 퍼부었기에 두 사람 다 죽거나 중상을 입을 수 있으며 운이 좋으면 누구 한 사람만 중상을 입을 수도 있다.

부옥령은 전면을 향했던 공격을 다급하게 아래쪽 지면으로 바꾸었다.

검강이 지면을 강타하면 그 반탄력을 이용하여 자신이 허공으로 솟구쳐서 이 위기를 벗어나려는 임기응변이다.

부옥령은 반로환동의 경지에 이르렀으므로 아무래도 동방해룡보다는 지금 상황을 급변시키기 쉬웠다.

퍽!

부옥령이 발출한 검강이 지면을 강타하는 순간 반탄력에 의해 그녀의 몸이 쏜살같이 비스듬히 허공으로 솟구쳤다.

그사이에 아슬아슬하게 동방해룡이 발출한 검강이 방금까지 부옥령이 있던 위치를 스쳐갔다.

쉬이잉!

부옥령은 가까스로 위기에서 벗어나기는 했지만 그렇다고 끝난 게 아니다.

동방장천의 공격을 혼자서 고스란히 감당해야만 하는 동방도혜가 남아 있다.

부옥령이 허공으로 비스듬히 날아오르면서 급히 쳐다보니 동방도혜가 수중의 검을 두 손으로 움켜잡고 동방장천을 향해 돌진하고 있었다.

동방도혜는 부옥령과 동방해룡이 같이 합공을 할 것이라고 철석같이 믿고 있었다.

마지막 순간에도 동방도혜는 부옥령과 동방해룡의 합공이 실패했다는 사실을 미처 모르고 있다.

바로 그때 부옥령과 동방해룡 귀에 누군가의 외침이 또랑또랑하게 들렸다.

"후미를 공격해요!"

부옥령은 목소리의 주인이 민수림이라는 사실을 즉시 알아차리고 기쁜 표정을 지었다.

찰나지간이지만 부옥령은 민수림이 도우러 왔으며 동방도혜를 도와서 동방장천을 합공할 것이라고 직감했다.

부옥령은 재빨리 주변을 휘둘러보며 민수림을 찾아보았다.

'소저!'

민수림은 동방도혜 머리 위 허공에서 동방장천에게 곧장 내리꽂히면서 쌍장을 뻗고 있다.

쉐애애앵!

그녀의 쌍장에서 눈부신 금광의 굵은 빛줄기가 폭발하듯이 뿜어졌다.

적멸광이다. 굵기가 어른의 한 아름 정도인 걸 보면 민수림이 전력을 쏟았다는 사실을 짐작할 수 있다.

동방도혜는 자신의 머리 위에서 민수림이 적멸광을 발출한 사실을 알고는 용기백배했다.

그렇다고 해도 동방장천은 얼굴 표정 하나 변하지 않고 공격해 가는 기세도 변함이 없다.

부옥령은 몸을 비틀어서 급전직하 아래로 하강하면서 동방장천이 충돌 직후에 있을 위치를 가늠하여 득달같이 검강을 발출했다.

꽈우웅!

"아악!"

엄청난 폭음과 함께 누군가의 뾰족한 비명이 터졌다.

적멸광은 동방장천이 쏟아낸 검강과 정면으로 충돌하며 그의 온몸을 휩쓸어서 다섯 걸음 정도 물러나게 했다.

반면에 민수림은 허공으로 퉁겨 오르고 동방도혜는 비명을 지르며 뒤로 가랑잎처럼 날아갔다.

동방장천은 다섯 걸음 물러나서 멈추고는 그대로 잠시 우두커니 서 있었다.

적멸광과 정면으로 격돌한 충격 때문에 몸의 기능이 일시적으로 마비된 듯했다.

하지만 대화강력을 발휘하면 그의 잠재 능력만 고강해지는 것이 아니였다. 온몸을 호신강기로 뒤덮은 것처럼 단단하게 만들어서 외부의 충격에 대비한다.

그는 잠시 우두커니 서 있다가 저만치 날려가고 있는 동방도혜를 향해 쏘아갔다.

아니, 쏘아가려는 순간 부옥령의 검강이 그의 등 한복판에 적중됐다.

쩌억!

동방장천은 비명도 지르지 않고 상체가 앞으로 숙여진 자세로 쏜살같이 날아가 지면에 내동댕이쳐졌다.

쿠다다닥!

부옥령은 놓칠세라 그림자처럼 동방장천을 쫓아가면서 무형검을 머리 위로 쳐들었다.

동방도혜는 허공을 일직선으로 날아가서 한 채의 전각 벽에 거세게 충돌했다.

쿵!

"흐악!"

그녀는 맥없이 바닥에 떨어진 후에 일어나려고 몸을 바들바들 떨며 애를 썼으나 뜻대로 되지 않았다.

바로 그때 부옥령의 검강을 등에 정통으로 적중당하고 날려갔다가 지면에 떨어진 동방장천이 벌떡 일어나는가 싶더니 동방도혜를 향해 몸을 날렸다.

"저자가!"

부옥령은 깜짝 놀라 더욱 속도를 높여서 동방장천에게 쏘아갔으나 워낙 거리가 멀었다.

실수가 있었다면 부옥령이 검강으로 동방장천의 등을 공격한 것이다.

그 바람에 그가 동방도혜 쪽으로 날아가서 그녀와 더욱 가까워졌다.

"놈이 물러나면 공격해요!"

그때 민수림의 쩌렁한 외침이 터졌다.

부옥령이 급히 쳐다보니까 민수림이 동방도혜 위쪽 허공에서 동방장천을 향해 정면으로 비스듬히 쏘아가고 있다.

민수림은 일대일로 동방장천을 상대하려는 것이다.

부옥령이 다급히 외쳤다.

"소저! 안 돼요!"

그러나 민수림이 들은 체도 하지 않고 동방장천에게 돌진하는 것을 보고 부옥령은 그녀가 방금 한 말을 떠올렸다.

민수림은 '동방장천이 물러나면 공격하라'고 했다. 즉, 민수림과의 격돌 직후에 동방장천이 물러날 테니까 그 순간을 노려서 공격하라는 뜻이다.

부옥령은 동방해룡에게 급히 명령했다.

"룡아! 저자가 물러날 때 공격하는 거다!"

상황이 급박해서 전음을 보낼 겨를도 없었다.

"알겠습니다."

동방해룡은 대답하고 즉시 동방장천의 뒤를 향해 쏘아갔다.

부옥령이 예상했을 때 민수림은 동방장천의 상대가 되지 못할 것이다.

둘이 격돌하면 민수림이 중상을 입게 될 게 분명하다.

하지만 지금으로선 어떻게 할 방법이 없다. 민수림은 이미 동방장천에게 적멸광을 발출하고 있다.

다만 한 가지 바람이 있다면 동방장천이 민수림과 정면으로 대결하지 않고 동방도혜를 공격하는 것이다.

그렇게 하면 동방도혜는 중상을 입거나 죽을 수도 있지만 민수림은 무사할 것이다.

부옥령에게는 동방도혜보다는 민수림의 안위가 훨씬 중요하기 때문이다.

그런데 동명검을 머리 위로 치켜세우고 쏘아가던 동방장천이 돌연 정면 허공에서 내리꽂히고 있는 민수림을 향해 검강을 발출하는 것이 아닌가.

쾌애액!

슈와아앙!

검강과 적멸강이 무시무시하게 서로를 향해 뿜어졌다.

부옥령의 얼굴이 일그러졌다.

'젠장……!'

갑자기 두 배 이상 강해진 동방장천을 민수림은 당해내지 못할 것이다.

부옥령과 동방해룡은 전속력으로 동방장천을 향해 쏘아갔다. 현재로선 그 방법뿐이다.

콰쾅!

다음 순간 천번지복의 엄청난 폭음이 터졌다.

"아악!"

그와 동시에 민수림이 비명을 지르면서 전각의 지붕 너머로 쏜살같이 날아가는 것을 보고 부옥령의 얼굴이 보기 싫게 일그러졌다.

동방장천은 상체가 뒤로 눕듯이 젖혀진 자세로 주르르 밀려가고 있다.

그 순간 부옥령과 동방해룡의 공격이 동방장천의 몸에 한꺼

번에 작렬했다.

퍼퍽!

동방장천은 허공에 누운 자세로 잠시 떠 있는가 싶더니 바닥에 패대기쳐졌다.

"소저!"

그러나 부옥령은 동방장천을 확인할 겨를도 없이 다급하게 외치면서 민수림이 날려간 방향으로 쏘아갔다.

부옥령이 두 개의 전각 지붕 위를 날아 넘자 저만치 어느 전각 지붕으로 추락하고 있는 민수림의 모습이 보였다.

콰자작!

민수림은 지붕에 떨어졌다가 주르르 경사면을 미끄러져서 아래로 뚝 떨어졌다.

부옥령은 전력으로 날아가서 민수림을 두 팔로 안았다.

부옥령 품 안에 안긴 민수림은 눈을 꼭 감고 있으며 안색이 창백하고 코와 입에서 피를 흘리고 있었다.

"소저……!"

부옥령은 심장이 덜컥 내려앉았다. 그녀의 부름에도 민수림은 눈을 뜨지 않았다.

부옥령은 땅에 내려서 급히 민수림의 상태를 살피다가 낙담한 표정을 지었다.

"아……."

심장박동은 매우 희미하여 뛰는 것 같지도 않고 맥은 아예 잡히지도 않았다.

*　　　　*　　　　*

부옥령은 즉시 민수림을 안고 허공으로 솟구쳤다.

그는 진검룡을 찾으려고 허공에서 재빨리 사방 아래쪽을 둘러보았다.

부옥령의 눈에 균천각 대전 앞 돌계단 위에 누워 있는 진검룡의 모습이 보였다.

부옥령은 곧장 진검룡에게 쏘아갔다. 그녀의 기억으로는 진검룡이 다치는 것을 본 적이 없었다.

도대체 언제 누구에게 다쳤으며 그가 무사한 것인지 궁금하기 짝이 없다.

스읏…….

부옥령은 진검룡 옆에 내려서 조심스럽게 민수림을 바닥에 눕히고 급히 진검룡을 살펴보았다.

그런데 그에게서 아무런 기척이 없어서 그녀는 몹시 긴장한 얼굴로 그의 가슴에 귀를 대보았다.

그랬더니 누군가의 따스한 손이 그녀의 뺨을 부드럽게 쓰다듬어서 깜짝 놀랐다.

"아……."

부옥령은 그 사람이 누군지 눈으로 보지 않고서도 진검룡이라는 사실을 깨달았다.

방금 전에 진검룡에게서 아무런 기척이 감지되지 않아서 그녀는 그가 죽은 줄로만 알았었다.

자신이 이럴 것이라는 생각을 조금도 한 적이 없었는데 부옥령은 갑자기 울음이 왈칵 터졌다.

그녀는 진검룡 몸 위에 엎드려서 그의 얼굴에 자신의 얼굴을 마구 비비며 낮게 흐느껴 울었다.

"으흐흑……! 죽은 줄 알았잖아요……."

진검룡은 그녀를 안고 일어나 앉으면서 물었다.

"지금 어찌 됐느냐?"

"앗!"

부옥령은 정신이 번쩍 들어서 급히 그에게서 떨어지며 옆에 누워 있는 민수림을 가리켰다.

"동방장천과 정면 대결 했다가 소저께서 중상을 입으셨어요. 어서 치료해 주세요."

"수림!"

진검룡은 누워 있는 민수림을 발견하고 소스라치게 놀라서 달려들었다.

부옥령은 진검룡이 민수림의 가슴에 귀를 대고 살피는 모습을 보면서 초조함을 감추지 못했다.

부옥령이 좀 전에 살폈을 때 민수림은 거의 죽은 것이나 다름이 없는 상태였다.

그래서 아무리 진검룡이지만 이번에는 민수림을 살리는 일이 어려울 것이라는 불길한 예감이 들었다.

진검룡은 민수림 가슴 한가운데 손바닥을 밀착시키고 순정기를 주입했다.

잠시가 지나도 그녀가 깨어나지 않자 부옥령은 초조함이 극에 달해서 입술을 잘근잘근 깨물었다.

싸우고 있는 방향에서 비명 소리가 났지만 그쪽을 쳐다볼 마음도 들지 않았다.

'제발…….'

그녀는 두 손을 모아 쥐고 뚫어지게 민수림을 주시했다.

"음……."

"소저!"

그때 민수림이 나직한 신음을 내자 부옥령은 기쁨의 탄성을 터뜨렸다.

민수림은 눈을 뜨고 제일 먼저 자신을 굽어보고 있는 진검룡의 얼굴을 보았다.

진검룡은 마치 잠시 산책을 나갔다가 돌아온 아내를 맞이하는 남편처럼 온화한 표정을 짓고 있었다.

"검룡……."

그러나 민수림은 자신이 저승의 문턱을 넘다가 살아났다는 사실을 잘 알고 있으므로 진검룡을 보자 더할 수 없이 안도하며 편안한 기분이 들었다.

그녀는 천천히 상체를 일으켜서 무척이나 자연스럽게 진검룡 품에 안겼다.

진검룡은 그녀의 내심을 다 알고 이해한다는 듯 부드럽게 등을 쓰다듬어 주었다.

부옥령은 그런 두 사람을 보면서 가슴이 따뜻해지고 눈이 촉촉해졌다.

부옥령 자신은 진검룡을 목숨처럼 아끼고 사랑하고 있지만 민수림이야말로 진검룡의 진정한 천생배필이라는 생각이 들었다.

그때 다급한 외침이 들렸다.

"주군! 도와주십시오!"

진검룡 등은 급히 그쪽을 쳐다보다가 움찔하고는 즉시 신형을 날렸다.

동방해룡과 동방도혜가 지면에 아무렇게나 쓰러져 있으며, 그곳에서 멀지 않은 곳에서 훈용강을 비롯한 다섯 명이 동방장천, 금혈마황과 치열하게 싸우고 있었다.

동방장천의 공격에서 동방도혜를 구하려던 민수림이 중상을 당하고, 부옥령이 그녀를 안고 외곽으로 물러나자 상황이 급변한 것이다.

동방해룡과 동방도혜를 쓰러뜨린 동방장천은 혼자 고군분투하는 사부 금혈마황에게 달려가서 그를 도와 훈용강을 비롯한 다섯 명과 싸우기 시작한 것이다.

대화강력이라는 고대의 서장 신공을 발휘하게 된 동방장천은 평소보다 두 배 이상 고강해졌기에 동방남매 정도로는 상대가 되지 않았다.

금혈마황은 훈용강 등과 싸우던 중에 가볍지 않은 부상을 입은 상태다.

금혈마황은 당금 천하에서 거의 적수를 찾을 수 없을 정도의 절대고수다.

그렇지만 아까 진검룡, 민수림과의 싸움에서 부상을 입었으며 이후 훈용강을 비롯한 다섯 명의 집중 공격을 당했으므로 만신창이로 변한 모습이다.

만약 동방장천이 제때에 도와주지 않았더라면 금혈마황은 지금쯤 고깃덩이가 되어 바닥에 쓰러져 있을 것이다.

동방장천도 아까 민수림, 부옥령과의 싸움에서 심한 내상을 입었으나 서장의 신공 대화강력을 발휘하고 있는 상황이라서 고통을 조금도 느끼지 않았다.

금혈마황은 저쪽에서 진검룡과 민수림, 부옥령이 이쪽으로 쏜살같이 날아오는 것을 보고 흠칫 놀랐다.

현재 금혈마황과 동방장천은 훈용강을 비롯한 다섯 명 중에서 두 명을 쓰러뜨리고 세 명만을 상대하고 있는 중이라서 이대로 계속 가면 열 호흡 안에 세 명 모두 거꾸러뜨릴 수 있을 것이라고 자신했다.

하지만 지금 저쪽에서 쏘아오고 있는 세 명이 합세하면 몸이 성치 않은 상태인 금혈마황과 동방장천으로서는 이길 확률이 거의 없다.

오히려 살아서 이곳을 빠져나갈 수 있는지를 염려해야 할 상황이 될 것이다.

쩌러렁!

"우욱……!"

"크으……."

금혈마황은 동방장천과 함께 훈용강 등에게 공격을 퍼부어 날려가거나 비틀거리면서 뒤로 물러서게 만들어놓고서 급히 전음을 보냈다.

[천아, 여길 뜨자!]

쉬익!

금혈마황이 말과 동시에 번쩍 신형을 날리자 동방장천은 주위를 돌아보지도 않고 즉시 그의 뒤를 따랐다.

동방장천은 대화강력을 전개하면 이성을 잃지만 금혈마황의 명령은 무조건적으로 따랐다.

아마도 금혈마황이 동방장천에게 대화강력을 가르쳐 주었기 때문일 것이다.

진검룡은 마음 같아서는 동방장천과 금혈마황을 끝까지 추격해서 숨통을 끊어버리고 싶지만 이곳의 사정이 그의 발목을 붙잡았다.

최초에 당한 청랑과 은조, 옥조를 비롯하여 동방남매 둘 다 피투성이가 되어 쓰러져 있고, 훈용강 쪽에도 두 명이 쓰러져 있으며 나머지 세 명도 피를 흘리면서 비틀거리고 있는 성치 않은 모습이다.

민수림은 동방장천과 금혈마황을 추격하는 일에는 아무런 관심이 없다.

그녀는 오직 진검룡 한 사람의 안위만을 염려할 뿐이고 그의 곁에 있으면 아무런 걱정이 없다.

그렇지만 부옥령의 생각은 다르다. 그녀가 판단하기에 동방장천과 금혈마황은 가볍지 않은 부상을 당했으므로 지금 추격하면 둘 다 죽일 수 있는 절호의 기회다.

그런데 진검룡과 민수림이 추격을 포기하고 청랑과 은조, 옥소가 쓰러져 있는 곳으로 날아가는 것을 보고 놀라서 다급하게 외쳤다.

"주군! 저들을 추격해서 죽여야 해요!"

"내버려 둬라."

"주군! 장차를 생각하면 저들을 죽여야만 해요!"

부옥령은 영웅문을 위해서라도 그리고 북성 천군성을 위해서라도 지금 동방장천과 금혈마황을 죽이는 것이 무엇보다 중요하다고 판단했다.

또한 민수림이 기억을 잃지 않았다면 이런 상황에 부옥령 자신보다 더 동방장천과 금혈마황을 죽이고 싶어 했을 것이라고 생각했다.

부옥령은 허공에 떠서 피를 토하듯이 외쳤다.

"주군! 지금 저들을 죽이지 않으면 두고두고 후회하게 될 거예요!"

진검룡은 대꾸하지 않고 청랑 등이 쓰러져 있는 곳에 내려서자마자 그녀들을 살펴보았다.

부옥령은 속이 새카맣게 탔다.

"주군! 저들은 장차 우리 가족과 측근들을 수없이 죽일 거라고요! 제 말 모르겠어요?"

그녀의 말이 옳다. 동방장천과 금혈마황이 이대로 돌아간다면 영웅문에 대한 원한이 한층 더 깊어져서 복수를 하려고 이를 갈 터이다.

그뿐만이 아니다. 동방장천은 부옥령이 누군지 알아본 것이 분명하므로 그녀가 어째서 영웅문의 좌호법이 되었는지에 대해서 조사하라고 명령할 것이다.

그것 말고도 동방장천과 금혈마황을 죽여야 할 이유는 백 가지 이상일 것이다.

부옥령은 답답해서 미칠 것만 같았다.

"주군!"

그러나 진검룡은 귀머거리가 된 듯 꿈쩍도 하지 않고 청랑 등만 살폈다.

그라고 어찌 그런 생각을 못 하겠는가. 하지만 그는 동방장천과 금혈마황을 죽이는 것보다 죽어가는 자신의 측근들을 살리는 일이 백배 더 중요하다.

진검룡의 목소리가 한층 침중해졌다.

"령아, 너는 여기에 쓰러져 있는 사람이 나라고 해도 그들을 추격할 테냐?"

"……!"

부옥령은 찍소리도 하지 않고 진검룡에게 날아갔다.

진검룡의 마음을 알게 된 것이다. 그는 여기에 쓰러져 있는 사람 하나하나를 다 가족처럼 여기는 것이다.

지금 진검룡의 가슴속은 수만 근의 납덩이가 들어 있는 것처럼 무거웠다.

처음에 금혈마황과 동방장천에게 덮쳐갔던 세 여자들 중에서 은조가 죽었다.

청랑과 옥소는 죽은 것이나 다를 바가 없는 것 같은 상태지만 진검룡이 살릴 수 있다.

"수림, 령아, 다른 사람들을 봐주세요. 다친 사람을 한 곳으로 모으십시오."

진검룡은 청랑을 안고 대전 안으로 쏘아가며 수하들에게 옥소를 옮기라고 명령했다.

진검룡은 청랑부터 치료했다. 청랑과 옥소 둘 다 죽은 것이나 마찬가지일 정도로 상태가 심각했다.

보통의 경우 청랑과 옥소 같은 상황이라면 다들 죽었다는 진단을 내린다.

왜냐하면 아주 흐릿하게 감지되는 한 가닥 맥박 같은 것으로는 살아 있다고 말할 수 없기 때문이다.

설혹 그것이 살아 있다는 한 가닥 징후라고 해도 천하를 통틀어서 그 사람을 살릴 수 있는 사람이 전무하기에 이미 죽은 것이나 다름이 없다는 진단을 내리는 것이다.

이런 경우라면 아무리 진검룡이라고 해도 소생시키는 일이 쉽지만은 않다.

대전 안, 바닥에는 청랑과 옥소 말고도 동방해룡과 동방도혜, 현수란, 손록, 태동화가 나란히 줄지어서 누워 있다.

모두 진검룡의 손길만을 간절히 기다리고 있는 다 죽어가는 측근들이다.

진검룡은 이들 중에서 청랑이 제일 예뻐서 그녀를 먼저 치료하는 것이 아니다.

그냥 청랑이 가장 먼저 손에 잡혀서 그녀부터 치료하고 있는 것이다.

그의 이마에 땀방울이 송골송골 맺혔다가 흘러내렸다.

청랑의 가슴에 밀착시킨 손바닥을 통해서 체내에 순정기를 주입하고 있는데도 그녀는 깨어날 줄 몰랐다.

진검룡은 아까 금혈마황에게 왼쪽 어깨가 관통당하고 왼쪽 옆구리가 뭉텅 뜯겨 나갔을 때 아무리 애를 써도 지혈이 되지 않았었다.

그러다가 혼절했었고 민수림이 지혈을 해준 후에야 가까스로 정신을 차렸다.

이후 스스로 치료할 때에는 순정기가 일으켜져서 말끔히 나았는데 지금은 청랑이 깨어나지 않으니까 순정기가 제대로 주입되고 있는 것인지 확신이 서지 않았다.

'순정기가 일으켜지지 않는 것인가?'

그가 초조한 심정으로 손바닥을 떼었다가 다시 제대로 청랑의 가슴 한복판에 밀착시키려고 할 때 누군가의 외마디 비명이 터졌다.

"안 돼!"

第百二十二章

생과 사

진검룡이 급히 쳐다보니 배를 움켜쥐고 바닥에 주저앉아 있는 훈용강이 한쪽을 보며 외치고 있다.

"그는 죽지 않았소……! 데려가지 마시오……!"

가볍지 않은 부상을 당한 훈용강은 부상자들 옆에 앉아서 운공을 하고 있었다.

그러는 사이에 조양문 사람들이 부상자들 중에서 죽었다고 판단한 사람을 양쪽에서 들고 밖으로 옮겼고 훈용강이 그걸 발견하고 말하는 것이다.

훈용강이 가리키는 사람은 두 명의 조양고수에 의해서 밖으로 옮겨지고 있는 동방해룡이다. 조양고수들은 동방해룡이 죽었다고 판단한 것이다.

진검룡이 그들을 향해 고개를 끄떡였다.

"그를 내 옆에 눕혀라."

"주군……."

훈용강은 진검룡을 보면서 고마움에 울컥하는 표정을 지었다. 진검룡이 동방해룡을 먼저 살펴보고 돌봐주겠다고 하는 것이기 때문이다.

훈용강에게 동방해룡은 아내인 동방도혜의 오빠 즉, 처남이지만 남들처럼 그런 단순한 처남이 아니다.

우선 사파의 지존인 훈용강과 검황천문 태문주의 딸인 동방도혜의 만남과 사랑 자체가 파격적이었다.

이후 두 사람은 오랫동안 이별을 했다가 다시 재회했으며, 끝내 서로를 이해하고 용서하여 부부가 된 극적인 과정들이 두 사람을 매우 특별한 존재로 만들었다.

더구나 이들 남매는 검황천문을 버리고 영웅문을 선택했으며 모친과 일가 피붙이들을 모두 데리고 왔다.

동방해룡은 동방도혜의 오빠이기 전에 자신의 가족과 삼백이십여 명 수하들의 가족 천사백여 명을 총괄적으로 책임지는 막중한 위치에 있다.

'제발…….'

진검룡은 간절한 심정으로 순정기를 청랑의 가슴에 주입하려고 애썼다.

순정기가 그의 오른손에 터질 것처럼 가득 들어 있는데 이상하게도 청랑의 가슴으로 조금도 주입되지 않아서 속이 터질 것만 같았다.

'왜 그런 것인가……?'

주입될 듯 될 듯하면서 그의 손바닥과 청랑의 가슴이 닿는 부위에서 순정기가 소용돌이치듯이 뱅뱅 안타깝게 맴돌고 있을 뿐이다.

그의 손바닥과 청랑의 가슴 사이에 무언가 두껍고 단단한 장벽 같은 것이 가로막혀 있어서 순정기가 주입되지 않는 느낌이었다.

하지만 벽 같은 것은 없다. 그의 손바닥과 청랑의 가슴 사이에는 그녀가 입고 있는 얇은 상의와 가슴을 가린 가리개가 전부일 뿐이다.

그 두 겹의 천이 순정기를 가로막고 있는 두꺼운 장벽일 리가 없다.

'설마…….'

하지만 지금으로선 그의 손바닥과 청랑의 가슴 사이에 놓여 있는 것은 그 두 개의 천이 전부다. 생각해 보면 그게 두꺼운 장벽일 가능성이 크다.

'해보자.'

지금 이 순간에도 청랑이 조금씩 죽음의 문턱을 넘어가고 있다는 생각을 하면 조급하기 짝이 없다.

진검룡은 청랑의 상의를 걷고 가슴가리개를 뜯어냈다.

그녀의 맨살이 드러났지만 진검룡은 개의치 않고 풍만한 가슴 한가운데에 손바닥을 밀착시키고는 순정기를 주입했다.

순간 진검룡의 얼굴이 밝아졌다.

'된다!'

산골짜기에서 아주 자그마하게 흐르는 계류, 아니, 물줄기처럼 졸졸거리면서 순정기가 청랑의 가슴으로 흘러 들어가는 것이 느껴졌다.

그렇지만 주입되는 순정기의 양이 너무 적어서 이런 식으로 청랑을 살릴 수나 있을지 걱정이 앞섰다.

진검룡 체내에는 순정기가 조금 있는 것이 아니다. 슬쩍 끌어올리면 몸 밖으로 쏟아져 나갈 것처럼 많다.

그런데도 순정기가 마치 죽을병을 앓고 있는 사람의 오줌줄기처럼 힘없이 졸졸거리며 근근이 주입되고 있으니 미치고 환장할 노릇이다.

이런 식이라면 청랑을 살릴 수 없을지도 모른다. 그녀가 죽어가는 속도보다 살리는 속도가 더 느리다면 이대로 그녀를 보내야만 할지 모른다.

'죽음에 더 가까이 있기 때문에?'

진검룡은 움찔했다.

아까 그가 청랑과 은조, 옥소를 살펴봤을 때 은조는 이미 숨이 멎었으며 청랑과 옥소가 한 가닥 가느다란 생명의 줄을 붙들고 살아 있었는데 청랑이 더 위중한 상태였다. 그래서 청랑부터 살리려고 한 것이다.

'죽음에 더 가까이 있으면 몸이 순정기를 받아들이지 못하는 것인가?'

생각이 거기에 미친 진검룡은 즉시 훈용강을 불렀다.

"용강, 이리 와라."

훈용강이 운공을 중지하고 급히 다가와 진검룡 옆에 무릎을 꿇었다.

진검룡은 다른 손으로 훈용강의 손목을 덥석 잡았다.

"아무것도 하지 말고 가만히 있게."

이어서 그의 체내에 순정기를 주입했다.

다음 순간 훈용강의 손목을 통해서 순정기가 파도처럼 콸콸 쏟아져 들어갔다.

훈용강은 화들짝 놀라서 눈을 커다랗게 뜨고 입을 벌렸는데 하마터면 비명을 지를 뻔했다.

진검룡에게 잡힌 손목을 통해서 이상한 기운이 걷잡을 수 없이 밀려들고 있기 때문이다.

그 기운은 온천물처럼 뜨거운 것 같기도 하지만 심심산골의 계류처럼 차디차기도 했다.

어쨌든 그 기운이 주입되자 훈용강은 갑자기 기운이 펄펄 나고 고통이 씻은 듯이 사라졌다.

진검룡은 훈용강의 손목을 놓으면서 물었다.

"어떤가?"

훈용강은 감탄을 터뜨렸다.

"아아… 다시 태어난 것처럼 힘이 펄펄 넘칩니다……! 상처가 다 나은 것 같습니다!"

진검룡은 고개를 끄떡였다.

"이제 알았다."

훈용강은 의아한 표정을 지었다.

"무슨 말씀이신지……."

"아니다. 가봐라."

이로써 진검룡은 분명히 알게 되었다. 삶 쪽으로 가깝게 있는 사람일수록 순정기를 활발하게 받아들이고 그 반대인 죽음 쪽에 가깝게 있을수록 순정기를 받아들이는 능력이 점점 감소하는 것이다.

그렇다면 청랑은 거의 죽은 것이나 다름이 없기 때문에 순정기 역시 거의 받아들이지 못하는 것이다.

다시 말해서 이대로 놔두면 아무리 늦어야 일 각 안에 죽는다는 뜻이다.

또한 진검룡이 지금까지 살린 사람들 중에서 청랑이 가장 위중한 상태라는 얘기다.

그렇다고 청랑을 포기한다는 것은 있을 수도 없는 일이다. 설사 그녀가 죽었다고 해도 저승까지 따라가서 염라대왕하고 담판을 지어야 할 심정인데 아직 숨이 붙어 있음에야 더 말할 나위가 있겠는가.

"검룡."

그때 민수림이 다가오면서 조용히 말했다.

"추궁과혈을 해보세요."

진검룡은 머릿속이 확 밝아지는 느낌을 받았다.

가까운 곳에서 진검룡이 고생하는 모습을 다 지켜보고 있던 민수림이 말을 이었다.

"내 생각인데 어쩌면 추궁과혈보다 더 확실한 방법이 있을 것 같아요."

진검룡은 귀가 솔깃했다.

"그게 뭡니까?"

민수림은 청랑을 안고 대전 한쪽의 복도 쪽으로 쏘아갔다.

"따라오세요."

진검룡은 민수림의 의도가 무엇인지 짐작조차 되지 않았으나 그녀에게 좋은 방법이 있을 것이라 믿고 즉시 뒤따랐다.

*　　　*　　　*

반 각 후에 민수림이 대전으로 와서 이번에는 옥소를 안고 진검룡이 있는 곳으로 달려갔다.

진검룡은 복도 안쪽 어느 방에서 청랑을 치료하여 반 각

만에 살려냈다.

하나부터 열까지 민수림이 시키는 대로 한 덕분에 청랑을 살릴 수 있었다.

탁!

방 안에 들어온 민수림은 옥소를 침상에 눕히고 입고 있는 옷을 속곳까지 모두 벗겼다.

그 옆에는 청랑 역시 전라의 몸으로 반듯하게 누워 있는데 아직 깨어나지 않았다.

침상이 좁기 때문에 민수림이 청랑을 안아서 바닥으로 옮기려는데 청랑이 깼다.

"아… 주모."

"정신이 드느냐?"

"제가 어떻게……."

청랑은 눈을 깜빡거리면서 말하다가 혼절하기 전 마지막 기억이 되살아났다.

즉, 자신과 은조, 옥소가 금혈마황과 동방장천에게 덮쳐가다가 그들의 공격을 받는 즉시 엄청난 고통을 느끼면서 혼절했던 기억이다.

"아아… 제가 살았나요……?"

민수림은 바닥을 가리켰다.

"세 차례 연이어서 운공조식을 해라."

청랑은 침상 위에서 진검룡이 옥소를 치료하기 시작하는

것을 보며 지금이 어떤 상황인지 재빠르게 짐작했다.

그러다가 청랑은 옥소가 나신인 것을 보고 흠칫하고는 자신의 몸을 내려다보았다.

그녀는 자신도 전라인 것을 보고는 어떻게 된 일인지 금세 깨달았다.

진검룡이 치료를 하기 위해서 어쩔 수 없이 전라의 몸으로 만들었을 것이다.

청랑은 부끄러움으로 얼굴을 붉혔다. 그녀가 이런 모습을 진검룡에게 보인 것이 손가락으로 꼽을 수 없을 만큼 많다고 해서 부끄러움까지 없어지는 것은 아니다.

더구나 지금 진검룡이 옥소를 치료하는 모습을 본 청랑은 귀는 물론 목덜미까지 빨개졌다.

진검룡이 치료하면서 말했다.

"수림, 조아의 생사를 다시 확인해 주십시오."

"그럴게요."

민수림은 즉시 밖으로 나갔다.

*　　　*　　　*

"음……."

동방해룡은 나직한 신음을 흘리면서 깨어났다.

"정신이 드나?"

침상 옆에 서 있던 훈용강이 격앙된 목소리로 낮게 외쳤다.

동방해룡은 훈용강을 발견하고 적잖이 놀란 얼굴로 상체를 일으켜 앉았다.

"아… 어떻게 된 거요?"

훈용강은 그의 어깨에 손을 얹고 환하게 웃었다.

"이 모든 게 주군의 은혜일세."

동방해룡은 눈을 껌뻑거리다가 자신과 여동생 동방도혜가 동방장천에게 당해서 쓰러졌던 기억을 떠올렸다.

"혜아는 어찌 됐소?"

동방해룡은 훈용강의 손위 처남이지만 나이가 대여섯 적은 탓에 알게 모르게 형님 대우를 해주고 있다.

훈용강은 미소 지었다.

"주군께서 치료하고 계시네."

"아… 그렇소?"

동방해룡은 자신이 침상에 벌거벗은 채 앉아 있으며 훈용강이 침상 옆에 서 있는 것을 보고 의아한 얼굴로 물었다.

"주군께선 어디에 계시오?"

"옆방에서 치료하고 계시네."

훈용강은 일어나려고 하는 동방해룡의 어깨를 지그시 눌렀다.

"옆방에는 여자들만 있네."

“혜아도 옆방에 있소?”

“그럴 걸세.”

*　　　　*　　　　*

은조의 상태를 살펴본 민수림은 살포시 미간을 찌푸리면서 고개를 갸웃거렸다.

은조에게선 그 어떤 생명의 징후도 감지되지 않았기에 민수림으로선 어떻게 해볼 방법이 없다.

세상에서는 이런 상태를 죽었다고 하지만 민수림은 인정하고 싶지 않았다.

민수림은 희로애락을 겉으로 드러내는 성격이 아니지만 은조가 자신과 진검룡에게 어떤 존재인지 잘 알고 있다.

청랑만큼 가깝지는 않지만 진검룡과 민수림에게 은조 역시 가족 같은 존재였다.

그러나 차가운 대전 바닥에 반듯한 자세로 눈을 꼭 감은 채 누워 있는 은조는 죽은 것이 분명했다.

그런데도 민수림은 은조 앞을 쉽게 떠나지 못하고 그녀를 살릴 수 있는 방법을 찾으려 골몰하고 있다.

그녀도 그녀지만 은조의 죽음 때문에 진검룡이 마음의 상처를 받을 생각을 하면 가슴이 저민다.

“아…….”

그때 문득 민수림은 한 가지 생각이 번뜩 떠올랐다.

기억을 잃기 전의 천상옥녀는 의술이 신의 경지에 이르렀지만 지금은 삼류무사보다도 못한 지식을 지니고 있을 뿐이다.

그렇지만 가끔 지금처럼 부싯돌 불꽃이 튀듯 어떤 기발한 의술이 뇌리를 스칠 때가 있다.

민수림은 양팔을 벌려서 한 손을 은조의 머리 정수리에 대고 다른 손은 다리를 벌리게 하여 사타구니 회음혈에 깊이 밀착시켰다.

이것은 은조의 정수리 백회혈과 사타구니 회음혈에 극양지기와 극음지기를 동시에 강하게 주입하여 꺼진 생명을 되돌리는 궁극의 의술이며 회령반혼술(回靈返魂術)이라고 하는데 물론 민수림은 이름을 모른다.

*　　　　*　　　　*

이 희대의 의술 수법은 일명 초혼환생법(招魂還生法)이라고도 부른다.

저승의 강을 건너간 혼을 다시 불러와서 생명을 되찾게 한다는 뜻이다.

민수림은 기억을 더듬지 않고 그냥 생각나는 대로 공력을 극한으로 끌어올렸다.

그녀는 기억을 잃었기 때문에 더듬을 기억이 없으므로 그저 몸과 마음이 이끄는 대로 하는 것이다.

수림은 왼손에는 극양지기를 오른손에는 극음지기를 주입하여 어느 한순간 동시에 뽑어냈다.

바우웃!

기이한 음향과 동시에 은조의 정수리와 사타구니에서 붉은빛과 푸른빛의 광채가 번뜩였다.

솨아아…….

다음 순간 은조의 몸에서 마치 한 줄기 바람이 숲을 스치는 듯한 청량한 음향이 흘러나왔다.

민수림이 주입한 두 가지 기운의 진기가 은조의 체내에서 수백 가닥의 혈맥을 훑으면서 발생하는 음향이다.

솨아아…….

은조의 몸이 부르르 가늘게 전율하고 바람이 숲을 스치는 음향이 잔잔하게 흘렀다.

소생한 것이 아니라 두 가지 상극의 기운이 그녀의 체내 임맥과 독맥을 엄청 빠른 속도로 주천하고 있기 때문에 몸이 떨리고 있는 것이었다.

양극지기가 은조의 체내 삼백육십오 혈맥을 여덟 바퀴 즉, 팔주천을 해야지만 그녀가 소생할 것인지 아무런 효과가 없을 것인지 결과가 나온다.

민수림 뒤에는 부옥령이 서서 긴장된 표정으로 유심히 지켜보고 있다.

부옥령은 예전에 민수림이 회령반혼술을 시전하는 것을 십여 차례 본 적이 있었다.

정확히 열두 번이었으며 그때 민수림이 소생시킨 사람은 세 명이었다.

말하자면 회령반혼술을 시전했다고 해서 무조건 다 소생시키는 게 아니라는 얘기다.

그러니까 은조 역시 살릴 수 있을지 아닐지는 두고 봐야만 알 수가 있다.

그렇다고 해서 운(運)이 좋으면 소생하고 운이 나쁘면 살리지 못하는 게 아니다.

숨이 끊어진 지 얼마나 오래 됐는지에 생사가 달려 있는 것이다. 가능하면 짧을수록 효과를 기대할 수 있었다.

거기에 한 가지를 더하자면 시술자의 공력이 심후한가 아닌가 하는 것도 매우 큰 영향을 줄 수가 있다.

부옥령은 긴장된 표정으로 은조를 굽어보았다. 그녀의 얼굴에는 아무런 표정의 변화가 없다.

아니, 그녀의 얼굴에는 살아 있는 사람의 생기라곤 한 올도 남아 있지 않았다.

이미 사자(死者)의 괴괴한 얼굴이다. 만약 그녀가 소생한다면 그야말로 기적이다.

잠시의 시간이 지났으나 은조에게서는 소생의 기미가 보이지 않았다.

은조의 정수리와 사타구니 회음혈에 대고 있는 민수림의 손바닥에 시체의 차가움이 느껴졌다.

만약 은조가 소생의 기운을 보인다면 그 부위가 조금 따뜻해질 것이다.

'안 되는 것인가?'

민수림이 손을 떼려고 할 때 부옥령이 공손히 말했다.

"소저, 한 번 더 해보세요."

부옥령은 민수림이 은조에게서 손을 떼지 않는 것을 보고 조심스럽게 말을 이었다.

"이번에는 실내에서 해보세요."

총명한 민수림은 부옥령의 말이 무슨 뜻인지 즉시 알아차리고 은조를 안고 일어섰다.

"가요."

부옥령이 앞서서 두 사람은 빈방이 있는 곳으로 나는 듯이 쏘아갔다.

사실은 아까 진검룡이 청랑을 치료할 때 민수림이 가르쳐준 방법은 살갗이 아닌 구멍을 통해서 직접 순정기를 주입하라는 것이었다.

이미 죽은 것이나 마찬가지 상태인 환자는 순정기를 받아들이는 능력이 전무하기 때문에 강제로 주입해야 하는데 시술자의 손바닥을 가로막는 것이 옷이든 살갗이든 매우 큰 방해가 된다는 사실에 생각이 미친 것이다.

인간의 몸에는 여러 개의 구멍이 뚫려 있다. 그것들은 막혀 있지 않으며 신체 내부로 통하는 통로이고 제각각 기능이 따로 있다.

그것들 중에서 신체의 중심부까지 뚫린 것이 입과 코, 생식기와 항문이다.

신체의 중심인 단전과 가장 가까운 구멍은 누가 뭐래도 생식기이다.

그래서 아까 진검룡은 청랑을 실내로 옮겨 옷을 모두 벗기고 생식기를 통해서 순정기를 주입했다. 물론 그것은 민수림이 알려주었다.

그런데 방금 부옥령이 똑같이 그런 방법으로 민수림을 깨우쳐 주었다.

벌컥!

문이 활짝 열린 뒤 은조를 안은 민수림이 들어서고 그 뒤에 부옥령이 따랐다.

진검룡은 동방도혜를 치료하느라 비지땀을 흘리고 있어서 민수림과 부옥령이 들어온 것을 모르고 있다.

진검룡은 청랑과 옥소에 이어서 세 사람째인 동방도혜를 치료하는 중이다.

치료하는 방법은 단순하면서도 매우 힘들다. 한 손으로 생식기를 통해서 순정기를 주입하고 다른 손으로는 순정기를 발출하면서 온몸을 추궁과혈하는 것이다.

침상 아래 바닥에는 청랑과 옥소가 운공조식을 하고 있다가 민수림 등이 실내로 들어선 직후에 깨어났다.

청랑은 얼른 일어나서 민수림과 부옥령에게 공손히 허리를 굽혀 예를 표했다.

"주모, 좌호법님."

민수림과 부옥령은 청랑에게 고개를 한 번 끄떡여 보이고는 은조를 침상의 동방도혜 옆에 조심스럽게 눕혔다.

청랑이 침상을 물끄러미 응시하고 있을 때 옥소가 깨어나서 천천히 일어섰다.

청랑과 옥소는 진검룡이 동방도혜를 치료하는 광경을 보면서 얼굴이 새빨갛게 붉어졌다.

자신들도 저런 식으로 치료를 했을 것이라고 상상이 됐기 때문이다.

동방도혜는 매우 민망한 자세를 취하고 있으며 진검룡이 손이 정신없이 추궁과혈수법을 전개하고 있었다.

동방도혜의 치료가 끝난 후 진검룡은 그녀 옆에 눕혀진 은조를 보고 깜짝 놀랐다.

"조아는 죽었잖습니까?"

부옥령이 미소 지으며 대답했다.

"다시 한번 확인해 보세요."

그즈음 동방도혜는 누운 상태에서 깨어나 눈을 깜빡거리고 있었다.

진검룡은 동방도혜를 가볍게 번쩍 안아서 침상 아래로 내려주며 말했다.

"혜아, 연속 세 번 운공조식해라."

"아……."

동방도혜가 비틀거리는 것을 청랑이 잡아주었다.

"언니."

동방도혜는 청랑과 옥소가 전라의 몸으로 서 있는 모습을 보고 그녀들도 진검룡에게 치료를 받았다는 사실을 짐작했다.

세 여자는 얼마 전까지만 해도 자신들이 꼭 죽을 것이라고만 생각했었는데 이렇게 멀쩡하게 살아나자 감개무량함을 감추지 못했다.

그녀들은 침상 위에서 은조를 살피고 있는 진검룡의 뒷모습을 바라보면서 서로 비슷한 감정을 느꼈다.

진검룡은 죽어가던 그녀들의 목숨을 살려주었을 뿐만 아니라 예전에 그녀들의 임독양맥을 소통해 주었고 벌모세수와 환골탈태까지 시켜줬었다.

그러므로 그녀들에게 진검룡은 흠모하는 남자이기도 하지만 자신들이 목숨을 바쳐서 충성하고 헌신해야 할 절대적인 존재이기도 했다.

"맙소사……."

은조를 살피던 진검룡은 깜짝 놀랐다. 아까 그가 몇 번이나 거듭해서 살폈을 때 은조는 분명히 죽었었다.

심장이 뛰지 않았으며 맥도 끊어졌으므로 죽은 것이 분명했다. 그 정도도 모를 진검룡이 아니다.

그가 놀란 얼굴로 쳐다보자 부옥령이 미소 지으면서 민수림을 바라보았다.

"소저께서 회령반혼술이라는 수법을 발휘하여 그녀를 소생시키셨어요."

진검룡은 더욱 놀라는 표정으로 민수림을 쳐다보았다.

"그게 가능한 겁니까?"

민수림은 온화한 미소를 지었다.

"어서 그녀를 치료하세요. 이제는 검룡 차례예요."

"알겠습니다."

진검룡은 자세를 잡고 순정기를 끌어올렸다.

* * *

횡항의 어느 아담한 장원.

전각 안, 어느 실내 바닥에 동방장천과 금혈마황이 가부좌의 자세로 앉아서 운공조식을 하고 있다.

"우와!"

그때 느닷없이 동방장천이 입에서 검붉은 핏덩이를 왈칵 뿜어냈다.

금혈마황이 번쩍 눈을 뜨자 동방장천은 옆으로 스르르 쓰러지고 있었다.

동방장천은 바닥에 옆으로 쓰러진 채 초점 없는 눈을 멀건이 껌뻑거렸다.

동방장천은 그를 쳐다보며 걱정스러운 표정을 지었다.

"천아, 왜 그러느냐?"

구십오 세의 금혈마황은 자신보다 사십여 세나 어린 제자 동방장천에게 다가가 그를 바닥에 편안하게 눕혔다.

"어디가 어떤지 말해봐라."

"사부님……."

동방장천은 입에서 검붉은 피를 줄줄 흘리면서 힘없이 사부를 쳐다보았다.

"으으… 내상이 심합니다."

금혈마황은 손을 뻗어 동방장천의 손목을 잡고 맥을 살펴보기 시작했다.

잠시 후 금혈마황은 동방장천의 손목을 놓고 몹시 심각한 표정을 지었다.

"음… 내상이 심하군."

그는 품속에서 작은 묵함 하나를 꺼내서 열었다.

묵함 안에는 흑색 엄지손톱 크기만 한 환이 세 개 담겨 있는데 그는 그중에 하나를 꺼내 동방장천의 입으로 가져갔다.

"입 벌려라."

동방장천은 금혈마황의 엄지와 검지 사이에 쥐어져 있는 흑색 환을 보고 착잡한 표정을 지었다.

"묵천신환(墨天神丸)이로군요……."

"또 만들면 되니까 아까워할 것 없다. 어서 입 벌려라."

묵천신환은 금혈마황이 만들었으며 그것 한 알의 효능은 소림사의 대환단(大還丹)에 버금간다.

금혈마황은 오래전에 전설적인 영약의 비법을 우연한 기회에 발견했었다.

그때부터 삼십여 년에 걸쳐서 천하를 주유하며 영약을 만들었는데 모두 열 개였다.

열 개의 묵천신환 중에서 벌써 일곱 개를 사용하고 세 개 남은 것 중에 다시 하나를 제자인 동방장천에게 복용시키려는 것이다.

동방장천은 사양하지 않고 입을 벌려 묵천신환을 받아 꿀꺽 삼켰다.

그러자 매우 상쾌한 기운이 식도에서부터 시작되어 점차 온몸으로 퍼져갔다.

금혈마황은 온화하게 말했다.

"움직이지 말고 누워서 운공조식하거라."
"네, 사부님."
금혈마황은 동방장천이 눈을 감는 것을 보고 일어나 한쪽의 침상으로 걸어갔다.
"음……."
그러다가 그는 휘청거리면서 손으로 가슴을 움켜잡고는 그 자리에 주저앉았다.
사실은 그 역시 만신창이 상태였다. 동방장천 못지않은 중상을 입었지만 초인적인 인내심으로 견디고 있었다.
그가 품속에 있는 묵천신환을 한 알 복용한다면 중상이 몰라보게 치료되겠지만 이제 두 알밖에 남지 않은 묵천신환을 이 정도 상처로 허비할 수는 없다.
금혈마황이 신음을 내며 주저앉았지만 동방장천은 운공조식에 몰두해 있어서 알지 못했다.
동방장천은 최소한 두 시진 이상 운공조식에 빠져 있어야만 할 것이다.
금혈마황은 주저앉은 자리에서 가부좌를 틀고 다시 운공조식에 들어갔다.

약 반 시진 후에 운공조식을 끝낸 금혈마황은 천천히 몸을 일으켰다.
아까보다는 조금 좋아졌지만 운공조식을 했다고 내상이 치료된 것은 아니다.

그가 비록 심후한 공력과 자신만의 놀라운 치료법을 알고 있다해도 묵천신환을 복용하지 않는다면 최소한 보름 정도 스스로 치료를 해야 할 것이다.

第百二十三章

동방장천의 오해

금혈마황은 천천히 걸음을 옮겨 침상으로 다가가 휘장을 제치고 안으로 들어갔다.

휘장 안 침상 위에는 피투성이 몰골의 시체 한 구가 눕혀져 있었다.

처음에 금혈마황과 동방장천이 남창에 도착하자 사손인 현도성이 자염빙이 단신으로 영웅문주 일당을 상대하러 조양문에 갔다고 보고해 왔다.

그때까지만 해도 금혈마황과 동방장천은 영웅문 인물들에 대해서 손톱만큼도 염려하지 않았었다.

자염빙 정도면 혼자서라도 영웅문 인물들을 깡그리 죽일

수 있을 것이라고 마음 편하게 생각했었다.

그래서 아주 느긋한 마음으로 자염빙이 싸우는 광경이나 구경하려고 조양문에 갔었던 것이다.

그런데 그들이 조양문에 거의 당도했을 때 누군가의 처절한 비명을 들었다.

두 사람은 그 비명이 자염빙 것이라는 사실을 즉시 알아차리고 전속력으로 날아갔다.

그리고 두 사람이 조양문의 담을 넘을 때 진검룡과 민수림 등이 피투성이가 되어 쓰러져 있는 자염빙을 향해 다가가고 있었던 것이다.

자염빙이 쓰러져 있는 것을 발견한 두 사람은 크게 분노하여 조양문에 살아 있는 것들을 모조리 도륙하겠다는 심정으로 살수를 전개했다.

그러나 결과는 금혈마황과 동방장천의 어이없는 패배로 끝나고 말았다.

두 사람은 자신들이 이처럼 맥없이 패배, 아니, 중상까지 입에 될 줄은 꿈에도 예상하지 못했었다.

동방장천은 우내십절의 한 명이고 금혈마황은 우내십절을 능가하는 절대고수다.

물론 조양문에 있던 영웅문 고수들도 여럿 죽었으며 더 많은 수가 중상을 당했다.

그것은 너무도 당연한 일이다. 상대가 금혈마황과 동방장천이기 때문이다.

그들이 죽거나 중상을 입은 것은 지극히 당연한 일이지만 금혈마황과 동방장천이 그런 일을 당하는 것은 말도 안 되는 일이다.

금혈마황은 침상에 눕혀져 있는 시체를 물끄러미 굽어보다가 중얼거렸다.

"여보, 빙 매."

침상에 누워 있는 피투성이 시체는 자염빙이며 어깨 위에 머리가 없다.

금혈마황과 동방장천이 영웅문주 전광신수의 수하인 여자 세 명을 죽였다는 이유로 복수를 당해 자염빙이 이런 처참한 몰골로 죽임을 당한 것이다.

전광신수는 자염빙을 죽이기 전에 제 딴에는 바른 소리를 한다고 주저리주저리 떠들었고 당시에는 그 말이 옳다고 여겼으나 어쨌든 그놈이 자염빙을 죽인 것이다. 그것도 머리를 박살 내서 말이다.

슥…….

금혈마황은 천천히 침상에 앉으면서도 자염빙에게서 시선을 떼지 않았다.

그는 손을 뻗어 자염빙의 손을 가만히 잡았다.

"여보……."

오십여 년 동안 부부로 같이 살았던 아내의 처참한 죽음

앞에서 금혈마황은 분노와 슬픔이 뒤섞여서 인후를 건드리며 치솟아 올라 커다란 몸을 부들부들 떨었다.

그때 저만치의 문이 거칠게 열리면서 누군가 들어왔지만 금혈마황은 돌아보지 않았다.

들어온 사람은 다름 아닌 태공자 현도성이다. 그는 두리번거리면서 안쪽으로 걸어 들어오다가 낭패한 몰골로 운공조식을 하고 있는 동방장천을 발견했다.

"사부님……."

현도성은 눈을 깜빡거리면서 자세히 살펴보았지만 사부 동방장천이 틀림없다.

현도성은 사조 금혈마황이 천하에서 제일 고강하고 두 번째 고수가 사부 절대검황 동방장천이라고 조금 전까지만 해도 굳게 믿고 있었다.

그런 사부가 이런 형편없는 몰골이라니 백번을 양보해도 도저히 믿어지지 않았다.

마구 헝클어진 머리카락과 피범벅인 얼굴, 입에서 흐른 피가 턱과 상의를 온통 더럽혔으며, 여기저기 칼에 베인 자국들이 즐비했다.

현도성은 사조모인 자염빙에 이어서 사부 동방장천과 사조 금혈마황이 조양문에 갔다는 사실을 알고 있었다.

그래서 조양문의 살아 있는 생명체들은 모조리 도륙을 당했을 것이라고 나름대로 상상을 했었다.

얼마 전까지만 해도 사경을 헤맸던 현도성은 자염빙이 복용시킨 묵천신환 덕분에 이제는 내상이 거의 다 나아서 활보할 수 있게 되었다.

그가 검황천문 휘하 남창의 탐라부 비밀장소에서 쉬고 있는데 그곳의 탐라고수 한 명이 그에게 급보를 전해주었다.

금혈마황과 동방장천이 중상을 입고 남창 인근 횡항의 탐라부 비밀 장원에 은둔하고 있다는 정보였다.

그 소식을 접한 즉시 현도성은 만사 제쳐두고 부랴부랴 이곳으로 달려온 것이다.

"사부를 건드리지 마라."

그때 한쪽에서 들려온 낮고 굵은 목소리에 현도성은 흠칫 놀라 그쪽을 쳐다보았다.

현도성이 급히 쳐다보니까 저만치 침상의 휘장 안쪽에 금혈마황이 앉아 있는 모습이 보였다.

"사조님……."

현도성은 화들짝 놀라서 급히 그곳으로 달려가 휘장을 젖히고 안으로 들어섰다.

그는 침상 위에 참담한 몰골로 누워 있는 사람을 발견하고 의아한 표정을 지었다.

그런데 그 사람 어깨 위에 당연히 있어야 할 머리가 보이지 않는 것을 알고는 적잖이 놀랐다.

그리고 다음 순간 현도성은 금혈마황이 그 시체의 손을 잡고 있는 것과 피투성이 시체가 입고 있는 옷이 왠지 눈에 익었다는 생각이 들었다.

그리고 한순간 그는 시체가 누군지 깨닫고 넋이 달아난 표정으로 그 자리에 주저앉았다.

"어흑……!"

털썩!

그는 침상 옆의 바닥에 퍼질러 앉아서 망연자실한 얼굴로 눈물을 주르르 흘렸다.

"사조모님께서……."

잠시 동안 그러고 앉아 있던 그는 갑자기 벌떡 일어나 자염빙 시체에 달려들었다.

"으허어엉! 사조모님!"

그는 울음을 터뜨리며 자염빙을 부둥켜안았다.

금혈마황은 현도성을 말리지 않고 묵묵히 앉아 있었다.

"크허허엉! 사조모님……! 소손 때문에 이렇게 되셨군요… 제가 죽일 놈입니다… 꺼어엉!"

현도성은 정신을 잃을 것처럼 몸부림을 치면서 목 놓아 울부짖었다.

자염빙의 손을 잡고 있는 금혈마황은 그녀의 손이 흔들리는 대로 가만히 앉아 있다가 문득 굵은 눈물을 뚝뚝 흘렸다.

"여보……."

머리가 없는 시신이라니…….

아내가 죽어서도 눈을 감지 못할 것이라는 생각에 금혈마황은 가슴이 갈가리 찢어지는 것만 같았다.

운공조식을 끝낸 동방장천은 제일 먼저 사부 금혈마황도 중상을 입었다는 사실을 기억해 냈다.

'어째서 그 생각을 이제야…….'

동방장천은 벽에 머리를 들이받고 싶을 정도로 자신을 자책하며 벌떡 일어섰다.

그는 두리번거리다가 저만치 침상 밖 바닥에 금혈마황이 가부좌를 틀고 앉은 채 운공조식을 하고 있는 모습을 보았다.

동방장천은 그곳으로 걸어가다가 휘장 안쪽 침상가에 누군가 앉아 있는 것을 발견했다가 그가 제자인 현도성이라는 사실을 깨달았다.

현도성은 자염빙의 손을 잡고 있는데 몸을 부들부들 세차게 떨고 있었다.

동방장천은 앞에서 물끄러미 금혈마황을 굽어보다가 갑자기 그의 품을 뒤져서 묵함을 꺼냈다.

금혈마황은 동방장천이 자신의 품속에서 묵천신환이 들어 있는 묵함을 꺼낸 것을 알았지만 운공조식 중이라서 어쩌지 못했다.

동방장천은 거침없이 묵함에서 묵천신환 한 알을 꺼내 금혈마황 입에 억지로 밀어 넣었다.

"입 벌리십시오, 사부님."

금혈마황은 운공을 중지하고 눈을 떴다.

"천아, 너……."

"사부님, 이걸 복용하십시오. 저와 성아에겐 아끼지 않으면서 왜 사부님 자신에게는 아끼십니까?"

"음……."

금혈마황은 대답을 하지 못했고 동방장천은 계속해서 그를 몰아붙였다.

"사부님께 무슨 일이 생기면 정말 큰일입니다."

"음, 나는 스스로 치료할 수 있다."

금혈마황은 작은 항변을 해보았으나 곧 반격당했다.

"그렇죠. 한 일 년쯤 지나면 사부님께선 예전처럼 건강해지실 겁니다."

"음……."

"그러면 일 년 동안 저희는 어찌해야 합니까? 그저 사부님만 바라보면서 기다리고 있어야 합니까?"

"……."

"아니면 이 약을 복용하시고 곧 완쾌하셔서 저희와 함께 대의를 논하시겠습니까?"

동방장천의 목소리는 어디까지나 차분했다.

"묵천신환을 조제하시는 것이 어렵다는 것은 잘 압니다. 하지만 그 재료들은 수하들을 시켜서 구하도록 하면 됩니다. 그러면 늦어도 일이 년 후에 사부님께서 묵천신환을 새롭게 조제하실 수 있으실 겁니다."

금혈마황은 말없이 동방장천을 쳐다보았다.

동방장천은 공손하게 말했다.

"우린 할 일이 많습니다."

동방장천의 '할 일이 많다'라는 말이 금혈마황의 마음을 크게 움직였다.

그는 손을 내밀었다.

"이리 다오."

그는 동방장천이 주는 묵천신환을 받아서 입속에 넣고 으적으적 씹어 먹어 삼켰다.

동방장천과 현도성 그리고 금혈마황 세 사람은 탁자에 둘러앉았다.

지금 이들은 영웅문에 대해서 대화를 나누고 있는 중이다.

금혈마황은 뜻밖이라는 표정을 지었다.

"그게 정말이냐?"

동방장천은 무겁게 고개를 끄떡였다.

"그렇습니다. 그녀는 흑봉검신이 분명했습니다."

현도성은 놀라는 표정으로 물었다.

"사부님, 그렇다면 그녀가 천군성의 좌호법인 흑봉검신 부옥령이라는 말씀이십니까?"

"그러하니라."

현도성은 적도방에서 일대일로 싸우다가 단 일초식 만에 자신을 사경에 몰아넣은 여자가 천군성 좌호법이었다는 사실을 알고 크게 놀랐다.

"어째서 그녀가 영웅문 인물들과 어울리는 건가요?"

금혈마황도 그게 궁금했기에 잠자코 동방장천을 쳐다보았다.

동방장천은 잠시 미간을 좁히고 있다가 이곳 남창과 횡항을 담당하고 있는 탐라부 고수를 불렀다.

동방장천 등에게 설명을 마친 탐라고수는 감히 고개조차 들지 못하고 몸을 가늘게 달달 떨고 있었다.

설명을 듣고 난 동방장천 등은 아무도 말을 하지 않고 무거운 침묵을 지키고 있었다.

현도성은 어떤 생각을 했지만 함부로 말을 하지 않고 두 사람의 눈치를 살폈다.

"음… 결국 그런 음모였군요."

한참 만에 동방장천이 무거운 신음을 흘렸다.

"이제 보니까 천군성이 본문의 영역 안에서 음모를 꾸미고 있었던 것입니다."

"그런 것 같구나."

동방장천은 탐라고수에게 물었다.

"영웅문이 적도방을 괴멸시켰느냐?"
탐라고수는 허리를 깊이 굽혔다.
"그렇습니다."
"그러고 나서 조양문을 끌어들인 것이냐?"
"조양문을 비롯하여 예전 검림관주였던 당재원과 남창, 강서성 일대의 방파와 문파 수십 곳을 섭외하고 있는 것으로 알고 있습니다."
"그렇다면 분명하군."
동방장천은 눈을 가늘게 떴다.
"천군성이 항주에 영웅문을 만들어서 점차 세력을 넓히며 본문을 괴롭혔던 것입니다."

* * *

자신이 죽었다가 소생했다는 말을 들은 은조는 얼굴이 하얗게 질렸다.
보통 죽었다가 살아났다고 하면 죽었을 정도로 극심한 중상을 당했었다는 뜻이지 정말로 죽은 것은 아니다.
하지만 청랑의 말에 의하면 은조는 완전히 숨이 끊어져서 시체라고 생각되어 한쪽으로 제쳐놨었다는 것이다. 사람들이 그녀를 죽었다고 여겼다는 얘기다.
그랬는데 민수림과 부옥령이 그녀를 안고서 방으로 들어갔다가 한참 후에 진검룡에게 안고 와서는 하는 말이 소생했으니까 치료를 해달라는 것이었다고 한다.

"아……."

청랑은 은조가 크게 놀라서 넋 나간 표정을 짓는 것을 보고 말했다.

"못 믿겠으면 좌호법께 물어봐."

"아냐. 믿어."

"믿는다고?"

"응."

청랑은 의아한 표정을 지었다.

"나라면 못 믿겠는데 은 언니는 믿어? 자신이 죽었다가 살아났다는 사실을?"

"그래."

"어떻게 그럴 수가 있지?"

은조는 아련한 표정을 지었다.

"왜 그런지 잘 모르겠지만 내가 죽었다는 사실을 믿을 수가 있을 것 같아."

청랑은 어이없다는 표정으로 은조를 보았다.

"나는 은 언니가 이상해."

청랑은 은조가 찻잔을 내려놓고 일어서는 것을 보고 의아한 얼굴로 물었다.

"어디 가?"

"주군과 주모께 고맙다는 말씀 드리러 가."

은조는 문으로 걸어가다가 청랑을 돌아보았다.

"너도 나랑 같이 당한 줄 아는데… 괜찮은 거니?"

청랑도 일어서며 진지하게 말했다.

"은 언니 정도는 아니었지만 나하고 옥 언니도 저승에 반쯤 걸쳐 있었대. 주인님께서 살려주신 거지."

청랑은 고마운 표정을 지으며 두 손을 모았다.

"나는 걸핏하면 저승 문턱을 넘었고 그때마다 주인님께서 살려주셨어. 이런 식으로 가다가는 이번 생에 열 번 이상 저승 경험을 하지 않겠어?"

"나는 처음이지만 네 말이 무슨 뜻인지 충분히 알겠어."

은조는 매우 진지한 표정을 지었다.

"나는 주군을 남자로만 여겼었는데 이제는 주군이 남자만이 아닌 나의 모든 것이고 내 목숨이 붙어 있는 한 충성을 다해야 할 절대자라는 사실을 깨달았어."

청랑은 빙그레 미소 지었다.

"은 언니는 이제야 우리 영역에 들어왔군?"

은조는 의아한 표정을 지었다.

"우리 영역이 뭐지?"

"그런 게 있어."

청랑이 미소만 짓고 대답을 하지 않자 은조는 더욱 궁금해서 견딜 수가 없다.

"랑아, 네가 나한테 이럴 수 있는 거니?"

은조가 화난 표정을 짓자 청랑은 짐짓 진지한 표정을 지으면서 목소리를 낮추었다.

"은 언니만 알고 있어야 해. 다른 사람들에게 말하면 안 돼. 알았지?"

"알았어. 어서 말해봐."

청랑은 조금 더 뜸을 들이고 나서 더욱 진지하게 말했다.

"용봉대(龍鳳隊)라고 해."

"용봉대?"

은조는 깜짝 놀라는 표정을 지었다.

'용봉대'라는 것은 말 그대로 '용과 봉의 조직'인데 깊은 뜻은 '용을 보호하는 봉'이다.

은조는 놀라는 표정으로 목소리를 낮추었다.

"주군을 사랑하는 조직인 거야?"

"그래, 언니."

은조는 놀라움을 감추지 못했다.

"그… 런 조직이 있어도 되는 거야?"

청랑은 몹시 조심스러운 표정을 지었다.

[은 언니, 전음으로 말해.]

은조는 크게 충격을 받은 얼굴이다. 이렇게까지 조심해야 하는가 싶어서다.

은조는 마른침을 삼켰다.

[며… 몇 명인데?]

청랑은 고개를 갸웃거렸다.

[열다섯 명 정도?]

은조는 깜짝 놀랐다.

[뭐어? 그렇게나 많아?]

청랑은 갑자기 왼쪽 상의를 살짝 벗어 어깨를 보여주면서 은밀한 표정을 지었다.

[이게 우리 용봉대를 나타내는 문신이야.]

[뭐어…….]

은조는 눈을 크게 뜨고 놀라면서 청랑 어깨에 짙고 또렷이 새겨진 독특한 문양을 뚫어지게 주시했다.

그것은 한 마리 승천하는 천룡을 네 마리의 봉황이 칭칭 휘감은 채 함께 승천하는 모습이다.

은조는 문신에서 시선을 떼지 않고 적잖이 놀란 얼굴로 중얼거렸다.

[용봉대는 다 이런 문신을 하는 거야?]

[그래.]

은조는 아미를 찌푸렸다.

[안 하면 안 돼?]

[안 해도 돼.]

[그래?]

청랑은 간단하게 대답했다.

[문신하지 않고 용봉대에 들어오지 않으면 돼.]

[너…….]

청랑은 의아한 표정으로 물었다.

[문신하기 싫어?]

[…….]

[왜 싫은데?]

[…….]

청랑은 대답하지 않고 머뭇거리는 은조의 표정을 읽다가 조금 어이없는 표정을 지었다.

[설마… 은 언니는 문신이 무서운 거야?]

[아… 아냐!]

[문신이 무서운 거로구나?]

[…….]

은조는 얼굴을 붉히면서 아무 말도 하지 않았다.

도검에 무수히 찔리고 베이면서 생사를 넘나들어도 눈썹 하나 까딱하지 않던 그녀가 바늘로 콕콕 찌르는 문신이 무섭다니 개가 웃을 일이다.

청랑은 은조를 앞질러서 문으로 걸어가며 냉정한 목소리로 말했다.

[용봉문(龍鳳文)을 못 하겠다면 용봉대에 들어올 수 없는 거지 뭐. 간단해.]

은조는 급히 청랑의 앞을 가로막았다.

[문신할 거야.]

[정말이지?]

청랑은 은조와 같이 방을 나섰다.

[어디에 할 거지?]

[어디라니? 왼쪽 어깨에 하는 거 아냐?]

청랑은 걸음을 멈추었다.

[내가 언니한테 말하지 않았어?]

은조는 조금 불길함을 느꼈다.

[뭐… 뭘?]

[우리 용봉대 열다섯 명은 제각각 다른 부위에 용봉문을 문신했어.]

[제각각? 열다섯 명이 모두 다른 부위라고?]

[응.]

은조는 겁을 내면서도 호기심으로 눈을 빛냈다.

[어디에 했는데?]

청랑은 대수롭지 않게 대답했다.

[팔뚝이나 허벅지 같은 데지 뭐.]

은조는 절대로 보통 여자가 아니다. 아니, 지나칠 만큼 대단한 여자다.

그녀는 방금 청랑이 말할 때 그녀가 왠지 아쉬운 표정을 짓는 것을 놓치지 않았다.

[용봉대주가 누구지?]

[말할 수 없어.]

청랑은 단호했다.

[어째서?]

[은 언니가 용봉대에 가입하겠다고 하면 내가 대주께 데려다주겠어.]

은조는 갑자기 구미가 확 당겼다.

[용봉대주가 누군데?]

은조는 용봉대라는 것이 청랑이 만들어낸 허구일지도 모른다고 생각했었다.

[만나보면 알아. 은 언니, 가입할 거야?]

[음…….]

[우리 용봉대 열다섯 명은 모두 주인님께서 몇 번이나 목숨을 구해주시고 또 임독양맥 소통과 벌모세수, 환골탈태을 해주신 여자들만으로 구성됐어.]

[그래……?]

진검룡이 그런 것들을 해준 여자들이라면 영웅문에서도 알토란 같은 신분일 것이다.

청랑이 지나가는 말처럼 툭 던졌다.

[은 언니네 루주도 계셔.]

[……!]

은조는 눈을 동그랗게 떴다. 청랑이 말하는 '루주'는 예전 십엽루주인 현수란을 가리킨다.

현수란이 용봉대에 가입해 있었다니 놀랍고도 믿을 수가 없는 일이다.

그런 일을 어째서 은조 자신은 모르고 있었는지 도무지 이해가 되지 않는다.

[그게 정말이야?]

청랑은 고개를 끄떡였다.

[루주가 용봉대주야.]

[맙소사…….]

은조는 쇠망치로 뒤통수를 호되게 얻어맞은 것 같은 충격을 받았다.

조양문에서 연회를 하던 오십칠 개 방파와 문파의 사람들은 모두 자파로 돌아갔다.

그들은 떠나기 전에 조양문 균천각 앞 넓은 광장에서 벌어진 믿어지지 않는 경천동지의 놀라운 광경을 모두 생생하게 목격했었다.

처음에 그들은 어쩌면 자신들이 꿈을 꾸고 있는 것인지도 모른다고 생각했었다.

사람들이 연회를 하고 있을 때 느닷없이 천하오계 중에서 요계의 절대자인 요천여황이 대전에 들이닥쳐서 사손의 복수를 하겠다고 으름장을 놓은 것이다.

요천여황이 나타나기 얼마 전에 진검룡이 말하기를 부옥령이 검황천문 태문주의 적전제자 중 한 명인 혈성공자에게 자신이 중상을 입혔었다고 말했었다.

그런데 자칭 혈성공자의 사조모라는 요천여황이 사손의 복수를 하겠다고 들이닥친 것이다.

하지만 믿을 수 없게도 요천여황은 영웅문의 태상문주인 민수림에게 중상을 입은 채 날려갔다가 거꾸러졌다.

더더욱 믿어지지 않는 일은 그것이 끝이 아니라는 것이었다. 더욱 믿기지 않는 일이 바로 그때부터 벌어졌다.

강남무림 남천의 절대자인 검황천문 태문주 절대검황과 그의 사부라는 전설의 절대고수 금혈마황이 조양문에 들이닥친 것이다.

그때 그곳에 있는 모든 사람들의 공통된 심정은 이제 다 몰살당할 것이라는 생각이었다.

물론 영웅문 사람들은 그렇게 생각하지 않았을 것이다.

조양문을 비롯한 오십칠 개 방파와 문파 사람들 표현에 의하면 '영웅문 사람들은 신족(神族)이다'라는 것이다.

신족이 아니고서야 남천의 절대자인 동방장천과 그의 사부 금혈마황, 그리고 그의 부인 요천여황을 상대로 싸워서 한 명은 머리를 박살 내서 죽이고 두 명은 중상을 입혀서 꽁무니를 빼게 할 수 없었을 것이다.

절대로!

지금 좌중에 있는 조양문 사람들과 당재원 쪽 사람들은 진검룡과 민수림, 부옥령 등을 존경을 넘어서 경외심 가득한 표정으로 우러러 바라보고 있다.

우내십절 중에 한 명인 절대검황 동방장천과 우내십절보다 한 단계 위에 존재한다는 절대고수 금혈마황과 요천여황을 죽이고 물리친 진검룡과 측근들을 뉘라서 함부로 인간이라고 여기겠는가.

큰 실내에는 몇 개의 큰 탁자가 놓여 있고 그것들에 진검룡과 측근들, 권부익, 당재원 등이 둘러앉아 있다.

진검룡 일행의 숙소를 천추각으로 잡았기 때문에 조양문의 일이 끝나자 이곳으로 온 것이다.

조양문주 권부익은 진검룡 등을 조양문에 머물게 하고 싶은 마음이 굴뚝같았지만 조양문은 귀빈들을 모시기에 여러 조건들이 미흡한 데다 진검룡이 굳이 천추각으로 가려고 하는 터라서 만류하지 못했다.

척!

그때 문이 열리고 천추태후 당하선과 정천영, 우순현, 군중호가 들어왔다.

네 사람은 진검룡과 민수림에게 공손히 예를 취하고는 입구에 서 있었다.

실내에 있는 사람들이 다들 자리를 잡고 앉아 있어서 자신들이 어디에 앉아야 할지 잘 모르기 때문이다.

[따라오게.]

정천영은 당하선과 우순현, 군중호에게 전음을 보내고 진검룡이 있는 곳으로 걸어갔다.

그때 청랑, 은조와 함께 앉아 있는 옥소가 일어서며 우순현과 군중호를 손으로 가리켰다.

"거기 두 사람."

第百二十四章

소탕전

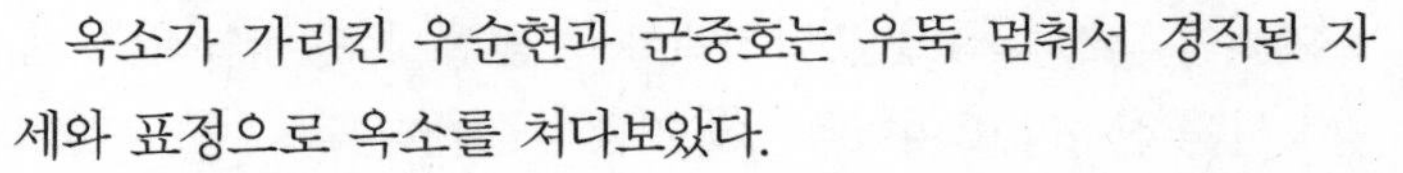

옥소가 가리킨 우순현과 군중호는 우뚝 멈춰서 경직된 자세와 표정으로 옥소를 쳐다보았다.

실내의 모든 사람들이 하던 동작을 멈추고 옥소와 우순현, 군중호를 쳐다보았다.

사람들 중에 몇몇 영리한 사람은 옥소가 두 사람을 왜 불렀는지 짐작했다.

물론 우순현과 군중호, 정천영과 당하선도 무슨 이유인지 알고 있다.

일어선 옥소가 단단한 표정을 지으며 우순현과 군중호에게 단도직입적으로 물었다.

“두 사람은 통위대에 들어올 것인가?”

동방장천 등과의 싸움이 있기 전에 부옥령은 소소와 적인결더러 통위대에 들어가라고 반명령조로 말했었다.

그러고 나서 우순현과 군중호에게도 통위대에 들어가는 것이 어떻겠느냐고 의견을 물었었다.

그런데 그 일에 대해서 결론이 나기 전에 요천여황 자염빙이 들이닥쳐서 싸움이 시작됐던 것이었다.

옥소는 금혈마황과 동방장천에게 당해서 저승의 문턱을 넘으려다가 진검룡이 치료해 줘서 살아난 이후에는 성격이 조금 더 냉엄하게 변한 것 같았다.

군중호는 원래 겁을 모르는 사람이지만 지금은 그런 상황이 아니다.

예전에 그는 실물을 먼발치에서 두 번밖에 본 적이 없는 동방장천을 신이라고 여겼었는데 지금은 아니다.

지금 군중호의 신은, 아니, 신보다 더 위대한 존재는 진검룡이고 그의 최측근들이다.

그의 눈에는 민수림과 부옥령은 신이고 청랑과 은조, 옥소를 비롯한 측근들은 신을 수호하는 무시무시한 존재 같았다.

군중호는 버쩍 얼어붙어서 통위대에 들어가겠다고 대답하려는데 우순현이 불쑥 말했다.

“만약 저희가 통위대에 들어가지 않으면 무엇을 하게 되는 건가요?"

그것은 옥소가 결정을 내릴 일이 아니라서 가만히 있는데 부옥령이 착 가라앉은 목소리로 말했다.

"그냥 이곳에 남는다."

"통위대에 들어가겠어요."

우순현은 부옥령의 말이 끝나자마자 즉시 대답했다.

군중호는 우순현을 힐끗 보더니 굽실 허리를 굽히며 우렁차게 외쳤다.

"저도 들어가겠습니다!"

당하선은 다급한 표정을 지었다.

그동안 그녀가 믿고 의지했던 최측근 세 명이 모두 자신의 곁을 떠난다는 것이다.

태상호법 정천영은 영웅문의 영웅장로가 되었으며, 천추각 좌우호법이었던 군중호와 우순현은 영웅문주의 통위대에 들어갔으니 이제 당하선 혼자 남았다.

사실 당하선은 최측근 세 명이 다 떠나가는 것 때문에 다급한 마음이 된 것이 아니다.

그녀도 진검룡하고 같이 항주에 가서 그의 곁에 머물고 싶은 것이다.

그녀의 마음, 아니, 심정은 최측근 세 사람하고는 근본부터 사뭇 달랐다.

그녀의 심정은 일편단심 진검룡 곁에 그림자처럼 머물고 싶다는 것이다.

천추각 사람들은 진검룡이 당하선과 동침을 해서 그녀 체내의 고독을 제거했다고 믿고 있다.

그 얘기는 워낙 민감한 것이라서 진검룡과 당하선은 굳이 해명을 하지 않았고 측근들이 그렇게 알고 있다는 사실조차도 모르고 있다.

또한 민수림과 부옥령은 그날 부어라 마셔라 진탕 술을 마시느라 그런 일에 신경 쓸 겨를이 없었다.

옥소가 우순현과 군중호에게 밖을 가리켰다.

"밖에 호위대 사람들이 있으니까 그들에게 가라."

이 방에는 진검룡을 위시하여 최측근과 간부급들만 있으므로 통위대인 군중호와 우순현은 나가서 영웅호위대와 함께 있는 것이 맞는 일이다.

군중호와 우순현은 고개를 숙이고는 조용히 방을 나갔다.

그때 소소와 적인결이 일어섰다. 두 사람도 부옥령에 의해서 통위대가 되었으므로 나가려는 것이다.

그러자 진검룡이 손을 들며 두 사람을 제지했다.

"두 사람에게 묻고 싶은 것이 있다."

소소와 적인결은 공손히 시립하는 자세를 취했다.

"하문하십시오."

"너희는 이곳에 있겠느냐? 아니면 나를 따라 영웅문으로

가겠느냐?"

소소와 적인결은 물론이고 권부익까지 깜짝 놀랐다.

진검룡의 말은 소소와 적인결은 통위대에 넣지 않을 것이라는 소리였다. 영웅문 남창지부주 권부익 옆에서 지금처럼 책사와 총관을 할 것인지 아니면 진검룡 자신을 따라 영웅문으로 갈 것인지를 묻는 것이다.

진검룡을 따라가면 지금보다 훨씬 더 큰물에서 중요한 지위를 맡을 것이라는 사실을 어느 누구라도 추측할 수 있다.

적인결이 먼저 공손히 허리를 굽혔다.

"저는 남겠습니다."

권부익 얼굴에 흐릿하게 안도하는 표정이 떠올랐다.

남은 사람은 소소다. 무림에 대해서 무불통지인 적인결이 중요한 만큼 귀재인 소소의 역할도 중요하다.

소소는 머뭇거렸다. 그의 내심은 백 번 천 번 진검룡을 따라가고 싶었다.

그러나 그는 잠시의 고심 끝에 어려운 결정을 내렸다.

"저도… 남겠어요."

권부익과 적인결의 얼굴에 안도의 표정이 떠올랐다.

진검룡이 고개를 끄떡이려고 하는데 갑자기 부옥령이 근엄한 목소리로 꾸짖었다.

"이놈들아! 주군의 말씀이 부탁처럼 들리는 것이냐?"

"……."

"……."

소소와 적인걸은 물론이고 권부익, 그리고 같은 탁자에 앉아 있는 당재원마저도 움찔했다.

부옥령은 준엄하게 꾸짖었다.

"너희 두 사람이 이곳에 남아 있으면 조약돌 쓰임새밖에 안 되겠지만 영웅문에 가면 거석(巨石)으로써 중하게 쓰일 것이라는 얘기다. 그걸 모르겠느냐?"

부옥령은 소소와 적인걸을 지적하며 재차 물었다.

"대답해라. 모르겠느냐?"

귀재인 반면 겁이 많은 소소는 눈물을 글썽거리면서 떨리는 목소리로 대답했다.

"아… 알아요."

"그런데 왜 여기에 남겠다는 것이냐?"

소소는 권부익을 힐끔거렸다.

"제가 떠나면… 문주께서 곤란해지실까 봐……."

권부익은 뭉클한 감정을 애써 누르며 미소 지었다.

"나는 괜찮다. 소야, 네가 본문에 가서 큰일을 하게 되면 그 덕분에 우리도 안전할 수 있는 것이다."

"문주……."

소소와 적인걸은 일어나서 진검룡에게 허리를 굽혔다.

"거두어주십시오."

정천영은 당하선의 심정을 누구보다 잘 알고 있기에 어떻게 하든지 그녀를 구해주고 싶었다.

정천영은 영웅장로들이 앉아 있는 자리에 가서 앉으면 그만이지만 그렇게 하면 당하선은 어쩔 수 없이 이 방에서 나가야만 하는 것이다.

정천영이 머리를 짜내기 전에 당하선이 먼저 진검룡에게 직접 전음을 보냈다.

[가가, 빨리 어떻게 좀 해보세요. 이러다가 쫓겨나겠어요. 소녀는 당신 곁에 있고 싶어요.]

진검룡은 민수림과 부옥령하고 술잔을 부딪치면서 술을 마시다가 어? 하는 표정으로 당하선을 쳐다보았다.

당하선은 진검룡이 자신을 쳐다보자 입술을 쫑긋거리고 눈을 크게 뜨면서 표정으로 재촉했다.

[가가! 소녀를 당신 옆으로 부르세요! 어서요!]

진검룡은 민수림과 부옥령을 슬쩍 보더니 당하선을 향해 어깨를 으쓱해 보였다.

[어떻게 하라고?]

당하선은 울상을 지었다.

[여보! 제발 소첩을 살려주세요……! 네?]

'여… 여보?'

진검룡은 움찔 놀랐고 말을 한 당하선도 소스라치게 놀라고 말았다.

사실 당하선은 그날 밤, 진검룡과의 그 일 이후부터 그를 마음속 깊은 곳으로부터 남편으로 여기고 있었다.

진검룡과 그녀는 동침을 하지는 않았으나 직접 몸으로 경험한 그녀가 느끼기에는 그 일은 동침보다 더하면 더했지 절대로 못하지 않았었다.

그녀 생각에 꼭 그것을 해야지만 부부가 되는 것은 아니다. 그 당시에 그녀는 진검룡이 하는 행동을 묵묵히 감내하면서 골백번도 넘게 다짐하고 결심했었다.

이 남자는 내 남편이며 죽을 때까지 목숨을 다 바쳐서 섬기겠다고 말이다.

그렇기 때문에 그녀가 다급해서 부지중에 진검룡을 '여보'라고 부른 것은 지나친 일이 아니다.

정천영이 당하선을 보면서 고갯짓을 했다.

"갑시다, 각주."

그는 당하선을 이제 곧 자신이 앉을 영웅장로 자리로 데려가려는 것이다.

그렇다고 이곳의 주인이며 천추각주인 그녀를 이 방에서 축객할 수는 없는 일이고 그래서도 안 된다.

정천영이 영웅장로석으로 걸어가고 당하선은 그의 뒤를 따르면서 애처롭게 진검룡을 바라보았다.

그런데도 진검룡은 그사이에 당하선을 잊은 듯 민수림과 다정하게 얘기를 나누고 있다.

당하선은 선천적으로 태생이 도발적이거나 사나운 성격의 여자가 아니다.

어쨌거나 이 방에서 쫓겨나지 않고 영웅장로석이라도 앉을 수 있게 되어서 다행이라고 생각하며 다소곳이 정천영의 뒤를 따랐다.

그때 부옥령이 그녀를 보며 불쑥 말했다.

"각주는 영웅장로가 아니잖아."

당하선의 심장이 쿵! 하고 바닥으로 떨어졌다.

눈물이 핑 돌고 부옥령이 너무나 원망스러웠다.

영웅장로석은 진검룡과 민수림, 부옥령이 앉아 있는 자리하고 조금 멀찍이 떨어져 있어서 서운했지만 그 정도는 참을 수 있다고 여겼는데 이제는 내쫓기는 신세가 된 것이다.

당하선은 무너지는 가슴을 안고 몸을 돌리는데 눈물이 핑 돌며 금방이라도 쏟아질 것만 같았다.

"각주는 여기에 앉을 자격이 있어. 이리 와."

그런데 부옥령이 손짓을 하며 당하선을 부르는 것이 아닌가.

당하선은 엉거주춤 걸음을 멈추고 그쪽을 쳐다보았다.

부옥령이 자신의 옆자리, 그러니까 진검룡과 자신 사이에 의자 하나를 놓고 당하선을 손짓으로 부르고 있었다.

당하선은 이번에는 감격 때문에 눈물이 쏟아질 것 같아서 얼른 고개를 돌렸다.

그런데 그걸 부옥령이 오해를 했다. 당하선이 자신의 말을 거절하는 뜻으로 외면했다고 생각한 것이다.

사실 부옥령은 싸움으로 잔뼈가 굵은 여자라서 섬세한 여자의 심리 같은 것은 전혀 알지 못했다.

부옥령은 시큰둥한 얼굴로 중얼거렸다.

"싫으면 그만둬."

"아니에요!"

다음 순간 당하선이 울부짖듯이 외치는 바람에 사람들은 깜짝 놀랐다.

사람들이 당하선을 보려고 할 때 그녀는 이미 부옥령이 내준 의자에 앉아 있었다.

진검룡과 민수림, 부옥령 등 모두 자신을 쳐다보자 머쓱해진 당하선은 혀를 날름 내밀고 쑥스럽게 웃었다.

"헤헤……."

당하선은 진검룡과 눈이 마주치자 행복한 표정을 지으며 고개를 숙였다.

"가가, 저예요."

진검룡은 빙그레 미소 지었다.

"그래, 선아."

술이 몇 순배 돌고 나서 부옥령이 아까 하던 얘기를 계속 이어나갔다.

"그러니까 본문은 이곳 남창에 정예고수 삼백 명을 주둔시키겠어요."

영웅문 외문십오당에서 각각 이십 명씩 선발해서 삼백 명을 조양문 즉, 영웅문 남창지부에 주둔시킨다는 것이다.

권부익은 조금 염려스러운 표정을 지었다.

"괜찮겠습니까?"

부옥령은 권부익 옆에 앉아 있는 소소에게 물었다.

"소야, 네 생각은 어떠냐?"

소소는 젓가락으로 탁자를 톡톡 두드리면서 잠시 생각하다가 대답했다.

"남창을 정비해 두고 가면 될 것 같아요."

부옥령은 소소가 좋은 계획을 생각해 낼 줄 알았다는 듯 미소를 지었다.

"어떤 정비를 말하는 것이냐?"

"남창은 스스로의 능력으로 검황천문의 웬만한 공격을 충분히 방어할 수 있으면서도 그 능력이 하나로 응집되지 않은 탓에 그동안 형편없이 유린됐었어요."

"흠, 그렇더냐?"

"조양문을 비롯한 오십칠 개 방파와 문파에서 정예고수를 삼십 명씩 선발하면 천칠백사십 명입니다. 영웅문에서 남창분타에 주둔시키는 정예고수 삼백 명과 이곳의 천칠백사십 명이면 능히 검황천문의 공격에 방어가 가능할 것입니다."

진검룡은 소소의 일사불란 막힘없는 계획에 내심 크게 감탄하여 빙그레 미소를 지었다.

그러나 부옥령은 고삐를 늦추지 않았다.

"그러면 되겠느냐?"

"검황천문 십이부의 고수 아무나 세 명과 탐라고수 두 명을 제압해 주세요."

"뭐라?"

소소는 막힘없이 대답했다.

"그들의 정신을 제압하여 우리의 하수인으로 삼은 후에 놓아주면 검황천문이 언제 남창을 공격할 것인지 정보를 미리 알아낼 수 있습니다."

엄청난 일인데도 소소는 태연하게 설명했다. 그의 얘기는 마치 주루에 가서 식사 한 끼 하고 오는 것처럼 간단했다.

검황천문 십이부라면 정예고수들이다. 하지만 여기에 있는 사람들의 능력이라면 그중에서 세 명과 탐라고수 두 명을 제압하는 일은 그다지 어렵지 않을 것이다.

문제는 그들의 정신을 제압하는 일이다. 사람의 정신을 제압해서 하수인을 만들어 조종을 하다니 그런 일이 어떻게 가능하다는 말인가.

영웅문 사람들은 가만히 있는데 권부익은 영웅문 사람들을 한번 보고서 분위기가 심상치 않다고 나름대로 판단하고는 소소에게 핀잔하듯이 말했다.

"어떻게 그들의 정신을 제압한다는 말이냐? 농담이라면 이쯤에서 그만두는 게 좋겠다."

소소는 진검룡 쪽을 쳐다보며 다 알고 있다는 듯한 표정을 지었다.

"하실 줄 알죠?"

진검룡과 민수림, 부옥령은 술을 마시다가 그를 쳐다보았다.

이번에는 소소의 시선이 정확하게 진검룡의 얼굴에 고정되며 재차 물었다.

"주군께선 하실 줄 알죠?"

진검룡이 '재 무슨 말을 하는 거야?'라는 표정을 짓는데 부옥령이 빙그레 웃으며 대신 대답했다.

"당연하지. 주군께서 그 정도를 못 하시겠느냐?"

진검룡이 뭐라고 말하려는데 부옥령이 웃으면서 가로막았다.

"그렇죠, 주군?"

"어… 그래."

진검룡이 부옥령을 쳐다보자 그녀는 의미심장한 미소를 지으면서 전음을 보냈다.

[염려 마세요. 소저께서 하실 줄 알아요.]

[그래?]

진검룡이 자신을 쳐다보자 민수림은 방그레 예쁜 미소를 지으며 고개를 끄떡였다.

[검룡에게 가르쳐 줄게요.]

부옥령이 하는 전음을 민수림도 들었다. 만약 자신이 타인의 정신을 제압할 수 있을지 없을지 곰곰이 생각에 잠겼다면 민수림은 할 수 없다는 결론을 내렸을 것이다.

하지만 방금 전에 부옥령의 전음을 듣자마자 자신이 그것을 할 줄 안다고 불현듯 떠올렸다.

총명한 부옥령은 바로 그 점을 노린 것이다. 그녀는 기억을 잃은 민수림이 어떤 특정한 것에 대해서 곰곰이 생각하면 기억을 못 하지만 스치듯이 갑자기 떠올리게 하면 기억해 낸다는 사실을 그동안의 경험을 통해서 알게 되었다.

소소는 적인걸에게 물었다.

"적당한 표적이 있나요?"

이미 소소의 머릿속에는 어떤 일련의 포석이 정확하게 깔려 있는 것 같았다.

적인걸은 표창으로 가슴을 콕 찔린 것 같은 표정을 지었다가 잠시 후에 소소의 말뜻을 이해하고 어정쩡하게 고개를 끄떡이며 대답했다.

"어… 있을 게다."

소소는 웃으면서 두 손으로 공손히 진검룡 쪽을 가리키며 적인걸을 일깨웠다.

“주군께 말씀드려야죠.”

“아…….”

적인결은 화들짝 놀랐다가 벌떡 일어나서 진검룡 쪽을 보며 공손히 설명했다.

“남창과 횡항에 검황천문 고수들이 파견을 나와 있는데 그들을 제압하면 될 것입니다.”

“잘됐군.”

부옥령은 검황천문 고수들을 제압하려면 누가 적합한지에 대해 생각하며 천천히 주위를 둘러보았다.

가까이 있는 옥소가 공손히 고개를 숙였다.

“제가 하겠습니다.”

“그러겠느냐?”

옥소는 일어나서 밖으로 나갔다. 호위대 고수들에게 이 일을 지시하려는 것이다.

그녀는 절대로 일을 뒤로 미루는 경우가 없는 깔끔한 성격의 소유자다.

이제 중인들은 영웅문의 대소사를 거의 부옥령이 처리하는 것을 당연하게 여겼다.

* * *

연회장을 나온 옥소는 영웅호위대 고수들이 휴식을 취하고 있는 곳으로 향했다.

"정무웅과 위융을 불러라."

영웅호위대 전령에게 그렇게 이르고 옥소는 자신이 사용하고 있는 방으로 들어갔다.

탁!

방에 들어간 그녀는 옆방 탁자에 놓여 있는 두 자루의 각기 다른 검을 들고 돌아와 탁자에 내려놓았다.

그녀가 탁자 앞에 앉아서 하녀가 내어준 차를 마시고 있을 때 부름을 받은 정무웅과 위융이 들어왔다.

"대주."

나란히 선 두 사람은 정중하게 예를 취했다.

영웅호위대에는 원래 네 개의 부대가 있었는데 위융이 들어오면서 다섯 개 부대가 되었다.

정무웅은 원래 항주 오대중방파 중 하나인 연검문의 문주 태동화의 제자였다.

오대중방파가 영웅문에 흡수되면서 연검문주 태동화는 영웅문 외문십오당 중에 연검당의 당주가 되었으며, 진검룡과 친구였던 정무웅은 영웅호위대 제일부대주가 되었다.

위융과 진검룡의 인연은 한층 독특하다. 위융이 검황천문 십이부 중에 탈혼부의 제팔분부주였기 때문이다.

위융은 수하 탈혼사 열 명과 함께 살명부에 적힌 삼절사존 훈용강을 남경 검황천문으로 이송하고 있었다.

그때 진검룡이 훈용강을 구하면서 훈용강과의 첫 번째 만남이 이루어졌었다.

이후 위융은 진검룡을 죽이려고 여러 차례 시도했으나 번번이 실패했었다.

그때마다 진검룡은 사내다운 기상을 지닌 위융을 죽이지 않고 용서했으며 끝내 그를 감복시켜서 수하로 삼았었다.

위융은 진검룡의 배려로 아내와 아이들은 물론이고 부모와 처가 식구들도 모조리 데려와서 영웅사문에서 살게 되었다.

위융의 아내 손주연을 비롯한 가족 모두 지상낙원에서 살고 있는 최고의 행복을 만끽하고 있다.

옥소는 두 사람을 보며 말했다.

"주군께서 너희 두 사람에게 하사하시는 검이다."

정무웅과 위융은 옥소 앞의 탁자에 놓여 있는 두 자루 검을 보며 움찔했다.

두 사람은 이 검이 무엇인지는 모르지만 주군 진검룡이 자신들을 지목해서 검을 하사했다는 말에 크게 감격했다.

두 자루 검은 하나는 은은한 금빛이 감돌고 또 하나는 푸른빛이 감도는데 한눈에도 보검이나 명검처럼 보여서 정무웅과 위융은 가슴이 두근거렸다.

옥소는 두 자루 검을 양손에 잡고 일어나서 정무웅과 위융에게 내밀었다.

슥-

"받아라."

정무웅과 위융은 감격하고 긴장하는 표정으로 공손히 두 손을 내밀어 각자의 검을 받았다.

"아……!"

"으음……."

두 사람은 검을 받는 순간 부지중에 낮은 신음을 터뜨리며 놀라는 표정을 지었다.

각각 다르지만 검이 손에 닿는 순간 무언가 말로 설명하기 어려운 기이한 느낌을 받았다.

그것은 보통의 장검을 손에 잡았을 때와는 전혀 다른 독특한 느낌이었다.

정무웅과 위융은 눈으로 보고 손으로 만져봐도 이 검이 결코 평범하지 않다는 사실을 직감했다.

옥소는 정무웅의 은은하게 금빛이 서린 검을 가리키며 엄숙한 표정을 지었다.

"그것은 파천검(破天劍)이다."

"……."

정무웅은 검에게서 느껴지는 기이한 감홍 때문에 옥소의 말을 제대로 듣지 못했다.

옥소는 이번에는 위융에게 말했다.

"그것은 동명검이다."

"아……."

위융은 소스라치게 놀라서 눈을 휘둥그렇게 떴다. 그는 평소에 철석간담을 지닌 사람인데 이 정도로 놀라는 것은 매우 드문 일이다.

그는 혼비백산한 표정으로 옥소를 쳐다보았다.

"설마……."

옥소는 진지한 얼굴로 고개를 끄떡였다.

"그렇다. 아까의 싸움에서 주군께서 절대검황으로부터 직접 뺏으신 동명검이다."

"아아……."

천하오대명검 중에 하나인 동명검이 검황천문 태문주 절대검황의 애검이라는 사실을 무림에서 모르는 사람이 없다.

그런데 그 검을 절대검황이 진검룡에게 뺏겼다가 위융의 손에 들어왔으니 놀라지 않을 수가 없다.

예전 한때에는 절대검황 동방장천은 위융에게 하늘 같은 존재로서 감히 마주 쳐다볼 수도 없었다.

절대검황이 죽으라고 명령하면 위융 같은 일개 고수는 자결해야만 하는 상하 관계였다.

그런데 그 태양 같은 존재인 절대자의 애검 동명검이 위융의 수중에 들어온 것이다.

"아……."

위융은 쇠를 풀잎처럼 자르고 바위를 두부처럼 쪼갠다는 전설의 동명검을 두 손으로 받들어 올려 바라보면서 나직한 탄성을 흘렸다.

그는 꿈을 꾸는 듯한 표정으로 옥소를 보면서 쩍쩍 갈라지는 목소리로 물었다.

"대주, 정녕코… 이 검을 주군께서 속하에게 주셨다는 말씀이십니까?"

옥소는 진중하게 고개를 끄떡였다.

"그렇다. 주군께선 너를 콕 찍어서 지목하시며 동명검을 위융에게 주라고 말씀하셨다."

"아아……."

위융은 진검룡이 동명검을 자신에게 하사한 이유를 조금쯤은 짐작할 수 있을 것 같지만 말로 설명하라고 하면 못 할 것 같았다.

정무웅은 그제야 정신을 수습했다. 그는 옥소와 위융의 대화를 듣고 혹시 자신이 들고 있는 검이 전설의 천하오대명검 중에 파천검이 아닌가 하는 생각이 들었다.

"대주……."

옥소는 진중한 표정을 지었다.

"그래. 파천검은 천하오대명검의 하나다."

"맙소사……."

옥소가 설명해 주었다.

"요천여황이 지니고 있던 검이다."

자염빙의 시신을 수습하는 과정에 그녀가 어깨에 메고 있던 길쭉한 헝겊을 벗기니까 파천검이 나왔다.

"파천검과 동명검은 절대로 깨지지 않는 명검이므로 이후 너희의 무위가 한층 강해질 것이다."

검을 두 손으로 받든 정무웅과 위융의 얼굴에 숭고함이 은은히 떠올랐다.

"주군께 충성하도록 해라."

두 사람은 깊이 허리를 굽혔다.

"명심하겠습니다."

정무웅과 위융이 물러간 후 옥소는 하녀까지 나가게 하고는 품속에서 하나의 물건을 꺼냈다.

그것은 흑색의 가죽 뭉치 같은데 옥소는 조심스럽게 그것을 길게 펼쳤다.

차륵…….

그러자 석 자 길이 다섯 치 폭의 검은 가죽띠에 눈부신 은색의 비수가 나란히 꽂혀 있는 모습이 드러났다.

"아……."

옥소는 눈이 부신 듯한 표정으로 그것을 굽어보았다.

그녀가 파천검과 동명검을 보면서도 전혀 부러워하지 않았던 이유가 바로 이것 때문이었다.

옥소는 두 손을 자신의 가슴에 얹고 황홀한 표정을 지으며 중얼거렸다.

"아아… 은한비열수(銀漢秘裂匕首)가 내 것이 되다니 이게 꿈은 아니겠지……?"

은한비열수는 천하오대명검에 비해서 명성이나 위력이 조금도 처지지 않는 천하의 보물이다.

피나는 연마를 한 이후에 은한비열수를 전개하면 백 장 이내의 적들을 정확하게 죽일 수 있으며 일일이 수거할 필요 없이 다 저절로 알아서 돌아오는 보물이었다.

은한비열수는 자염빙 품속에 들어 있었는데 처음에 진검룡은 부옥령과 옥소를 불러놓고 은한비열수와 파천검, 동명검 중에서 골라 가지라고 말했었다.

옥소는 당연히 은한비열수를 골랐다.

第百二十五章

두 번째 전투

부옥령이 당하선을 자신과 진검룡 사이에 앉힌 데에는 다 그럴 만한 이유가 있었다.

부옥령이 개인적으로 당하선을 총애한다거나 진검룡을 여러 여자하고 나누어서 공유하겠다는 너그러운 마음씨가 절대로 아니다.

진검룡은 민수림의 소유물이 아니며 어느 여자라도 그와 가까이할 수 있다는 분위기를 조장하려는 시커먼 의도가 깔려 있는 것이다.

그래야지만 부옥령이 은근슬쩍 진검룡에게 접근하여 한자리 차지할 수 있을 것이기 때문이다.

사실 부옥령은 자신의 나이가 사십이 세라는 사실을 잊은 지 까마득하게 오래됐다.

하루에도 수십 번씩이나 들여다보는 동경(銅鏡:거울) 속의 십칠, 팔 세 어린 소녀가 자신의 본모습이라고 철석같이 믿고 있기 때문이다.

"주군 술 드려라."

부옥령은 일부러 자신은 멀찍이 떨어져 앉고 진검룡 가까이 앉게 한 당하선에게 일러주었다.

"아! 네에……."

당하선은 공손히 진검룡에게 술을 따랐다.

그런데 진검룡은 당하선에게는 거의 신경을 쓰지도 않고 눈길을 주지도 않았다.

그는 민수림하고만 다정하게 이야기를 나누었으며 그녀를 바라보는 눈에서는 꿀이 뚝뚝 떨어지는 것만 같았다.

당하선은 이 자리에 앉은 이후 지금까지 진검룡하고 한마디도 얘기를 나누지 못했다.

그저 시선만 스쳐 지나듯이 두어 번 마주쳤을 뿐이라서 당하선은 꿔다놓은 보릿자루가 된 듯한 기분을 떨쳐내기가 어려웠다.

그때 밖에 나갔던 옥소가 돌아왔다. 그런데 혼자가 아니라 누군가를 데리고 왔다.

옥소는 데리고 온 사내를 가리키며 권부익에게 말했다.

"지부주, 이자가 너에게 할 말이 있다는군."

통위대주인 옥소와 일개 지부주인 권부익의 지위는 하늘과 땅 차이므로 하대를 해도 무방하다.

권부익과 소소, 적인결은 옥소 뒤에 따라 들어오는 사내가 누군지 알아보았다.

"무슨 일이냐?"

그는 조양문의 일개 당주이며 남창을 비롯한 강서성의 동향과 정보 따위를 담당하고 있다.

사내 조양문 비조당주(飛鳥堂主)는 사람들이 많으므로 조심스럽게 눈치를 살폈다.

권부익이 손을 저었다.

"괜찮다. 말해라."

"네, 문주."

비조당주는 긴장한 표정으로 입을 열었다.

"횡항 둔소(屯所)에 거물이 있는 것 같습니다."

"거물? 그게 누구냐?"

"거기까지는 모르겠습니다."

비조당주는 죄스러운 표정으로 고개를 숙였다.

"더 보고할 일은 없느냐?"

"둔소 안팎에 고수들이 물샐틈없이 지키고 있으며 삼십여 명쯤 됩니다."

"알았다."

권부익은 일어나서 진검룡 쪽을 향해 예를 취하고 나서 공손하게 보고했다.

"횡항에 있는 검황천문 소유의 장원을 둔소라고 하는데 그 곳에 거물이 있다는 보고입니다."

이번에도 부옥령이 나섰다.

"거기에 둔소가 있다는 사실을 언제 알았느냐?"

"한 달쯤 됐습니다."

둔소란 자신의 세력권이나 적지에 만들어두는 파견소 같은 곳이다.

천군성도 천하 각지에 둔소가 있으며 심지어 남천 검황천문의 세력권 내에도 있다.

자신의 세력권 내에 있는 둔소는 자신의 세력권 내부를 감시하려는 목적이고, 적의 세력권 내에 심어둔 둔소는 적의 동태를 살피기 위함이다.

둔소라는 특성 때문에 아무리 조심을 해도 그리고 아무리 늦어도 반년 정도면 정체가 드러나기 때문에 그 전에 새로운 둔소를 만들고 예전 둔소는 폐지하는 것이 상례다.

검황천문은 남창과 횡항을 적도방이 지배하고 있었는데도 둔소를 만들었다.

모르긴 해도 남창과 횡항에 검황천문의 둔소가 서너 곳은 될 터이다.

횡항에 있는 검황천문 둔소가 만든 지 한 달밖에 안 됐다면 따끈따끈한 새것이라서 그들은 안심하고 있을 것이다.

"거기에 거물이 있다는 건가?"

부옥령의 물음에 권부익이 공손히 대답했다.

"그렇습니다. 평소와는 달리 둔소 안팎을 삼십여 명씩이나 경계를 하고 있기 때문에 거물이라고 짐작하는 것입니다. 원래는 경계를 하지 않습니다."

둔소는 최대한 평범하게 보여야 하는데 경계를 서면 오히려 의심을 받기 때문이다.

"흠……."

부옥령은 턱을 쓰다듬다가 진검룡을 쳐다보았다.

"주군께선 어찌 생각하십니까?"

진검룡은 탁자 아래에서 민수림의 손과 허벅지를 쓰다듬으면서 그녀와 소곤소곤 대화를 하느라 제정신이 아니라서 부옥령의 말을 듣지 못했다.

부옥령은 상체를 슬쩍 뒤로 기울여서 진검룡 쪽 탁자 아래를 훔쳐보았다.

진검룡의 손이 민수림의 허벅지를 슬슬 쓰다듬고 있는 것이 시야에 들어왔다.

부옥령은 그런 광경을 한두 번 본 것이 아니므로 지금도 그러려니 한다.

당하선은 부옥령의 하는 행동을 보고는 자신도 그녀처럼 상체를 뒤로 물려서 탁자 아래를 보았다.

진검룡의 손이 민수림의 허벅지를 슬슬 쓰다듬고 있는 것을 본 당하선은 얼굴을 살짝 붉히면서 조금 어이없다는 표정을 지었다.

당하선이 민수림을 보니까 그녀는 부드러운 미소를 지으면서 진검룡을 바라보며 그의 말을 듣고 있었다.

당하선이 보기에도 민수림의 얼굴에 떠올라 있는 것은 진검룡에 대한 한없는 사랑이었다.

저렇게 절색의 아름다움을 지닌 여자가 진검룡을 사랑하고 있으며 진검룡 또한 그녀 외에 다른 여자에게 한눈을 팔지 않는다면 당하선으로서는 끼어들 틈이 없을 것 같았다.

부옥령이 다시 한번 진검룡을 불렀다.

"주군, 이제 갑시다."

다행히 이번에는 진검룡이 듣고 의아한 얼굴로 부옥령을 쳐다보았다.

"어딜 간다는 것이냐?"

"횡항둔소에요."

상황을 전혀 모르는 진검룡이지만 부옥령을 믿기에 빙그레 웃으며 고개를 끄떡였다.

"나도 가는 거냐?"

"그러시면 고맙고요."

"알았다."

부옥령은 무슨 일이 있어도 절대로 진검룡에게 화나 짜증을 내는 일이 없다.

그녀의 내심 깊은 곳에서 진검룡은 목숨을 바쳐서 사랑하는 정인이며 목숨을 바쳐서 충성하는 주군, 그리고 목숨을 바쳐서 섬기는 주인이기 때문이다.

진검룡도 부옥령의 그런 마음을 알기에 영웅문의 대소사를 전적으로 그녀에게 맡기고 있는 것이다.

어스름밤 중에 천추각을 빠져나온 십여 명은 횡항을 향해 관도를 질주했다.

영웅삼신수 즉, 진검룡, 민수림, 부옥령과 청랑, 은조, 옥소 그리고 영웅장로 다섯 명 중에서 정천영을 제외한 훈용강 등 네 명, 마지막으로 조양문 비조당주다.

비조당주는 진검룡 일행을 횡항둔소로 안내하기 위해서 동행하는 것이다.

영웅장로 다섯 명 중에서 정천영 혼자만 빠진 이유는 그의 무공이 제일 약하기 때문이다.

그는 진검룡 측근 중에서 가장 약한 고수와 싸워도 삼초식 안에 제압될 정도다.

선두에서 비조당주가 죽을힘을 다해서 경공술을 전개하여 달리고 있다.

그가 달리는 속도는 진검룡 등이 산책을 하는 것보다 느리지만 다들 군말 없이 느긋하게 뒤따르고 있다.

어스름 달빛 아래 진검룡의 좌우에서 민수림과 부옥령이

그의 팔짱을 낀 채 달리고 있다.

이즈음의 민수림은 부옥령이 진검룡에게 어느 정도 신체적인 접촉을 해도 모른 체해주고 있다.

부옥령이 가족처럼 가까운 사이가 됐으며 사십 세가 넘은 그녀가 설마 진검룡에게 흑심을 품고 있겠는가 하는 안일함 때문이었다.

진검룡은 양쪽 팔에 민수림과 부옥령의 풍성하고 몽실몽실한 가슴의 감촉을 느끼면서 하늘을 둥둥 떠가는 듯한 착각에 빠져 있다.

그때 생각난 듯 진검룡이 부옥령을 보며 전음으로 물었다.

[령아, 너는 횡항둔소라는 곳에 누가 있다고 생각하는 것이냐?]

부옥령은 두 팔과 가슴으로 안은 진검룡의 팔을 조금 더 깊이 안으며 대답했다.

[동방장천과 철염(鐵廉)이 있을 거예요.]

[철염이 누구냐?]

[금혈마황 이름이 철염이에요.]

[아… 그래?]

[올해 구십오 세예요.]

[령아, 너는 모르는 게 없구나.]

[헤헤… 뭐든지 소첩에게 물어보세요.]

부옥령은 어린아이처럼 기뻐하면서 진검룡의 팔에 잠깐 동안 매달리며 그의 어깨에 빰을 비볐다.

천지이십신 중에 한 명인 천하의 흑봉검신이 칭찬 한마디에 좋아서 죽으려고 하는 것을 어느 누가 믿겠는가.

부옥령은 무림에서 상중상의 높은 명성을 드날렸으며 천군성 좌호법이라는 어마어마한 신분을 누리면서 천하를 발아래 두고 군림했었다.

그러나 단언하건대 그녀가 수년 동안 천군성 좌호법의 지위에 있으면서 얻은 기쁨이나 보람, 행복 같은 것들을 죄다 합쳐서 열(十)이라고 한다면, 이곳에서 영웅문 좌호법과 진검룡의 여자로 있으면서 하루 동안 느낀 그것들은 백(百)이라고 할 수 있다.

처음에는 민수림이 기억을 되찾을 때까지만 이곳에 있으려는 생각이었는데 지금은 민수림이 기억을 되찾을까 봐 조금씩 겁이 날 정도가 되었다.

진검룡이 다시 전음으로 부옥령에게 물었다.

[그들이 어째서 횡항둔소에 있는 걸까?]

[아까 낮에 조양문의 싸움에서 중상을 입었기 때문일 거예요. 그걸 치료하고 있겠지요.]

[많이 다쳤을까?]

[그럴 거예요. 하지만 며칠이면 회복되겠지요.]

진검룡은 의아한 표정을 지었다.

[많이 다쳤다면서 며칠 만에 회복한다는 말이야?]

부옥령은 자신만만한 표정으로 대답했다.

[철염에겐 천하삼대영단(天下三代靈丹)인 묵천신환이 있을 거예요. 그걸 복용하면 아무리 심한 중상이라도 며칠 만에 깨끗이 완치된다고 해요.]

[묵천신환?]

[전설의 의원인 편작이 남겼다는 명신약보(明神藥譜)의 제조법에 의해서 만들어진 것이 묵천신환이래요.]

전설적인 명의인 화타와 편작에 대해서는 진검룡도 들어본 적이 있었다.

[천하삼대영단의 나머지 둘은 뭐지?]

[그건 소림사의 대환단과 성신도(聖神島)의 성신만보(聖神萬寶)예요.]

진검룡은 소림사는 알겠는데 성신도는 처음 들어본다.

[성신도는 뭐지?]

[천하사대비역(天下四代秘域)이에요.]

[그게 뭐야?]

[천하의 동서남북의 신비에 가려져 있는 네 군데 지역을 가리키는 거예요.]

[그래?]

진검룡으로서는 죄다 처음 듣는 내용이다.

그때 민수림이 불쑥 말했다.

[나 성신만보 만들 줄 알아요.]

"엣? 수림이?"

진검룡은 깜짝 놀라서 전음이 아닌 육성으로 말했다.

민수림은 아름답게 미소 지었다.

"검룡에게 만들어줄까요?"

진검룡은 환하게 웃었다.

"부탁합니다, 수림."

"집에 돌아가면 만들어줄게요."

부옥령은 보일 듯 말 듯 미소를 지었다.

사실은 민수림이 천하사대비역 중에 성신도에서 나왔기 때문에 알고 있는 것이었다.

민수림은 전혀 기억하지 못하지만 무의식 속에 성신만보를 만드는 비법이 남아 있었던 것이다.

부옥령은 선두에서 달리고 있는 비조당주를 보면서 진검룡에게 말했다.

"더 빨리 갈까요?"

진검룡은 고개를 가로저었다.

"바쁠 것 없다."

* * *

부옥령은 비조당주에게 멀리 물러나라고 명령했다.

진검룡을 비롯한 열 명은 어둠 속에 웅크리고 있는 한 채의 장원을 응시하고 있다.

저곳이 횡항둔소다.

부옥령이 진검룡을 보면서 전음을 했다.

[주군, 공격할까요?]

진검룡과 부옥령은 저 장원 안에 동방장천과 금혈마황 철염이 있을 것이라고 믿기에 공격을 주저할 이유가 없다.

또한 지금 공격하면 중상이 회복되지 않은 동방장천과 금혈마황을 죽일 수 있을 것이라고 확신했다.

진검룡은 모두 들을 수 있도록 전음을 했다.

[장원을 경계하는 자들은 건드릴 필요 없다. 동방장천과 철염만 죽이면 될 것이다.]

진검룡을 비롯한 일행이 움직이려고 하는데 은조가 진검룡에게 다가왔다.

[주군, 함정 같아요.]

부옥령이 은조를 꾸짖었다.

[무슨 헛소리냐?]

그러나 은조는 부옥령을 쳐다보지도 않고 진검룡에게 시선을 고정시킨 채 말을 이었다.

[들어가시면 주군께서 돌아가십니다. 안 됩니다.]

지금 상황에 은조의 이런 돌발적인 행동은 헛소리라고 봐야 한다. 횡항둔소가 함정일 가능성이 거의 희박하기 때문이다.

이곳에 있는 진검룡을 비롯하여 민수림과 부옥령 등 열 명은 영웅문의 최강고수들이다.

설사 저 장원 안에 함정이 쳐져 있더라도 이들을 어떻게 할 수는 없을 터이다.

그래도 진검룡은 은조가 한 번도 이런 적이 없었기 때문에 조금 신경이 쓰여서 그녀의 손을 잡았다.

[조야, 내 곁에 붙어 있어라.]

[그게 아니고요.]

은조는 자신의 손을 잡고 있는 진검룡의 손을 힘주어서 세게 잡으며 장원을 쏘아보았다.

[주군, 저는 저기에 시커먼 굴이 있는 게 보여요. 저 굴에 주군이 빠지실 거예요.]

진검룡은 의아한 표정을 지었다.

[굴이라니 무슨 굴이냐?]

은조는 손가락으로 장원의 후원 쪽을 가리켰다가 밤하늘로 길게 선을 그었다.

[굴이 저쪽으로 이어졌어요.]

부옥령은 눈살을 찌푸리며 은조를 나무랐다.

[쓸데없는 소리 그만하고 물러서라. 너는 이번 공격에서 제외시키겠다.]

민수림이 은조가 가리킨 방향의 밤하늘을 바라보며 조용히 중얼거렸다.

[저긴 북천(北天)이에요.]

진검룡은 그 말이 무슨 뜻인지 알아듣지 못했는데 부옥령과 훈용강이 퍼뜩 알아들었다.

"북망산천……."

북망산천은 보통 사람이 죽은 후에 가는 저승을 가리키며 낙양 북서쪽 삼십여 리에 위치한 망산(邙山)을 일컫는다.

죽어서 망산에 묻히면 후손이 번창한다고 하여 낙양은 물론 멀리에서까지 망산에 무덤을 만들려고 수많은 사람들이 모여들어 결국 망산은 바늘 하나 꽂을 틈조차 없이 무덤으로 빽빽하게 되었다.

수천 년의 세월이 흐르는 동안 북쪽 하늘 아래에 있는 망산은 시체들의 산이 되었고, 그래서 북망산천이라고 하면 저승을 가리키는 말이 되었다.

부옥령은 어떤 생각이 뇌리를 스치자 눈을 크게 떴다.

"너 설마……."

진검룡 등은 모르는 것이 없는 부옥령이 이번에도 은조의 이런 이상한 행동에 대해서도 뭔가 알아냈을 것이라고 짐작하여 그녀를 주시했다.

부옥령은 진검룡의 손을 잡고 있는 은조의 손을 떼어내어 자신의 앞으로 잡아당겨 세웠다.

부옥령은 약간 겁먹은 표정의 은조의 얼굴, 아니, 눈을 뚫어지게 주시했다.

"내 눈을 봐라."

은조는 부옥령의 말대로 그녀의 눈을 주시했다.

잠시 시간이 지난 후에 은조의 눈이 조금 커지고 눈동자가 가볍게 흔들렸다.

부옥령이 나직한 목소리로 물었다.

"내게서 무엇을 봤느냐?"

은조는 조금 놀라는 표정을 지으며 대답했다.

"죽음입니다."

"내가 죽느냐?"

"그렇습니다."

당사자인 부옥령과 진검룡, 민수림을 제외하고는 다들 은조가 무슨 말도 되지 않는 소리를 하고 있는 것이냐는 표정을 지었다.

그렇지만 부옥령의 표정은 어느 때보다 진지했다.

"내가 어떻게 죽는지 알겠느냐?"

사람들은 그제야 범상한 일이 아니라는 사실을 깨닫고 안색을 굳히고 귀를 기울였다.

은조는 눈도 깜빡이지 않고 부옥령의 눈을, 아니, 눈 속을 파고들 것처럼 들여다보았다.

진검룡은 물론이거니와 이제는 아무도 은조가 헛소리를 하는 것이라고 생각하지 않았다.

매사에 철두철미하고 백무일실인 부옥령이 너무도 진지하게 이 일에 직면하고 있기 때문이다.

이윽고 은조가 착 가라앉은 목소리로 입술을 뗐다.
"좌호법께선 적의 일장에 몸이 여러 조각으로 찢어져서 즉사합니다."
사람들의 안색이 하얗게 변하는데 민수림이 조용한 목소리로 말했다.
"대화강력이에요."
모두들 무슨 말인지 알아듣지 못하는데 부옥령 혼자만 움찔 놀랐다.
"소저……."
민수림은 차분하게 말했다.
"아까 동방장천의 무위가 갑자기 두 배 이상 급증했던 이유가 대화강력이었어요."
이곳에 있는 사람들 중에서 대화강력을 알고 있는 사람은 민수림과 부옥령 두 사람뿐이다.
민수림은 은조의 말을 듣는 순간 무의식중에 문득 기억난 것이지만 부옥령은 애초부터 대화강력이 무엇인지 잘 알고 있다는 것이 다르다.
다만 아까 낮에 동방장천이 대화강력을 발휘했었다는 사실은 모르고 있었는데 방금 민수림의 말을 듣고 깨달았다.
부옥령은 놀라움을 억누르는 표정으로 민수림에게 조심스럽게 물었다.
"소저, 아까 조양문에서 동방장천이 대화강력을 전개했었다는 말씀입니까?"

민수림은 가볍게 고개를 끄떡였다.

"그래요."

"아까는 어째서 몰라봤습니까?"

"생각나지 않았어요."

그때는 생각나지 않았고 지금 생각났다는데 부옥령으로서는 달리 할 말이 없다.

또 한 가지 기이한 것은 지금처럼 민수림이 무엇인가를 극적으로 떠올리면 본인이 매우 놀라거나 신기하게 여겨야 하는데 전혀 그렇지 않다는 점이다.

무언가 심상치 않음을 감지한 진검룡이 굳은 얼굴로 모두에게 전음을 보냈다.

[일단 물러나자.]

진검룡이 민수림의 팔을 잡고 장원 즉, 횡항둔소의 반대 방향으로 신형을 날려 물러나자 다른 사람들도 일사불란하게 밤하늘로 몸을 솟구쳤다.

진검룡 일행은 횡항둔소로부터 안전하게 오 리 정도 벗어난 어느 강가에 모였다.

아까 횡항둔소로 갈 때만 해도 다들 편안한 기분이었지만 지금은 분위기가 사뭇 무겁게 가라앉았다.

대화강력이 무엇인지 알고 있는 사람은 민수림과 부옥령뿐이지만 진검룡은 그것이 얼마나 막강한지 아까 낮에 뼈저리게 경험한 적이 있었다.

아까처럼 동방장천 혼자 대화강력이라는 것을 전개하는 것이라면 크게 문제가 될 일이 없다.

그런데 은조의 말에 의하면 횡항둔소에 들어가면 진검룡과 부옥령이 죽는다고 했다.

횡항둔소 후원 쪽에 시커먼 굴이 있으며 그것이 북쪽 하늘로 이어졌는데 민수림은 그쪽에 북망산천 즉, 저승의 문이 있다고 말했다.

원래 진검룡은 직감 같은 것이 없는 편인데 지금은 왠지 불길한 예감이 강하게 작용하고 있다.

지금 진검룡은 한 가지를 염려하고 있다.

'만에 하나 대화강력을 전개하는 인물이 동방장천 혼자가 아니라면?'

진검룡은 하나씩 풀어나가기로 하고 부옥령에게 은조를 가리키며 물었다.

"령아, 조아가 지금 어떤 상태지?"

어째서 횡항둔소에 들어가면 진검룡과 부옥령이 죽을 것이며 그곳 후원에 저승의 입구가 있다고 은조가 예언하는 것인지 이유를 묻는 것이다.

부옥령은 진지한 표정으로 은조를 잠시 살펴보다가 조심스럽게 말했다.

"조아는 신령자(神靈者)가 된 것 같아요."
"그게 뭐지?"
부옥령은 더욱 조심스러운 표정을 지었다.
"저도 말로만 들었을 뿐이지 실제로 보는 것은 지금이 처음이에요. 저승에 다녀온 사람이 저승의 눈 즉, 신령안(神靈眼)이 된다고 해요."
부옥령은 은조를 빤히 주시했다.
"신령자의 눈을 자세히 들여다보면 눈 깊은 곳에 회색의 눈동자가 하나 더 있어요. 그게 신령안이에요."
진검룡이 은조의 어깨를 잡고 자신의 앞으로 끌어당겼다.
"어디 보자."
그는 은조의 양 뺨을 잡고 눈을 뚫어지게 주시했다.
"눈 깜빡거리지 마라."
부옥령의 말이 맞았다. 잠시 후에 진검룡은 은조의 눈 깊은 곳에 있는 회색의 눈동자를 발견했다.
망막에서 서너 자 깊숙한 곳에 회색의 눈동자 신령안이 있는데 은조의 머리 두께가 반 자도 되지 않으니까 신령안이 서너 자 깊이에 있다는 것은 실제로는 어림도 없는 일이다.
그런데 진검룡은 거기에서 그만두지 않고 공력을 끌어올려 더 깊은 곳을 응시했다.
그는 지난번 당하선의 눈 속을 들여다보다가 심안(心眼)으로 그녀의 자궁에 웅크리고 있는 고독, 치정혼인고를 발견한 적이 있었다.

그래서 이번에는 은조의 신령안이라는 것 너머 안쪽에 무엇이 있는지 알아보려고 했다.

그녀가 이상한 행동을 하는 원인이 무엇인지 찾아내서 해결하려는 것이다.

진검룡은 심안을 발휘하여 은조의 신령안 가까이 접근하다가 심안으로 슬쩍 건드렸다.

"아……."

그랬더니 은조가 화들짝 놀라 눈을 바르르 떨면서 낮은 탄성을 흘렸다.

"왜 그러느냐?"

"갑자기 아무것도 안 보여요……."

진검룡은 심안을 거둘까 하다가 내친김에 은조의 신령안을 뚫어버렸다.

"악!"

은조가 짤막한 비명을 지르자 진검룡은 괜히 그랬나 하는 후회가 잠깐 들었다.

하지만 그때는 이미 심안이 신령안 너머로 들어가서 마음대로 활보하고 있었다. 은조의 뇌와 콧속, 목구멍, 내장 같은 것들이 보였다.

"아……!"

"오……!"

그때 은조와 진검룡이 동시에 낮은 탄성을 터뜨렸다.

"눈이 다시 보여요!"

은조는 기쁜 얼굴로 외치듯이 말했다.

진검룡은 적잖이 놀라서 탄성을 터뜨린 것이었다. 그의 심안에 전혀 다른 것이 보이기 시작했다.

'도대체 이것은…….'

그는 은조의 눈 속을 보고 있는데 조금 전처럼 그녀의 뇌와 목구멍 같은 것들이 보이지 않고 이상한 광경이 펼쳐지고 있는 것이다.

지금 진검룡이 보고 있는 것은 진검룡 자신과 민수림, 부옥령을 비롯한 이곳에 있는 열 명이 처참하게 죽어가고 있는 끔찍한 광경이다.

흑의인 수십 명이 진검룡 등을 포위한 상태에서 맹공을 퍼붓고 있는 중이다.

흑의인들의 합공은 진검룡으로서는 한 번도 본 적이 없는 초식이고 어마어마한 위력이다.

흑의인들 틈에 동방장천과 금혈마황, 그리고 태공자 현도성의 모습이 보였다.

그러니까 횡항둔소에서 동방장천과 금혈마황 등이 진검룡 일행을 합공하고 있는 광경이다.

진검룡을 비롯한 열 명이 제대로 대항조차 하지 못하고 지리멸렬 당하고 있는 것으로 봐서 동방장천 등은 대화강력을 발휘하고 있는 것이 분명하다.

그런데 이 광경은 지금 벌어지고 있는 일이 아니다. 진검룡 등은 횡항둔소에서 오 리 떨어진 강가에 모여 있는데 그들에게 당하고 있을 리가 없다.

그렇다면 결론은 하나다. 은조가 신령안으로 보고 있는 것은 미래에 벌어질 일이며 그것을 진검룡이 심안으로 같이 보고 있는 것이다.

진검룡이 눈을 껌뻑거리면서 은조의 눈에서 심안을 분리하자 방금 전까지 보고 있던 광경이 씻은 듯이 사라졌다.

第百二十六章

북두은한진법(北斗銀漢陣法)

진검룡과 부옥령의 생각이 길어지고 있다.

횡항둔소를 공격하기는 해야 한다. 피할 수도 없고 피해서도 안 되는 일이다.

은조가 신안력으로 예언한 것처럼 동방장천 등은 횡항둔소에 함정을 파고 진검룡 등을 유인하고 있었다.

그걸 보면 그들은 진검룡이 횡항둔소를 공격할 것이라는 사실을 예상했다는 뜻이다.

어쩌면 횡항둔소가 발각될 수 있도록 일부러 수상한 인물들이 들락거리도록 했을 것이다.

또한 동방장천과 금혈마황 철염이 중상을 입었던 것을 말끔하게 치료했다는 뜻이기도 하다.

분명 부옥령 말대로 철염이 지니고 있는 묵천신환을 복용하여 치료했을 것이다.

진검룡이 동방장천을 공격하지 않으면 그들이 직접 조양문으로 찾아올 것이다.

짐승을 잡으려고 함정을 팠는데 짐승이 들어오지 않으면 직접 짐승을 잡으러 가는 것이 사냥이다.

그렇게 되면 이쪽의 피해가 더 커질 테니까 무조건 횡항둔소를 공격해야만 한다.

이것은 피할 수 없는 운명의 싸움이다.

민수림은 진검룡을 만난 이후 한 번도 작전이나 계획을 짠 적도, 그 일에 참가해 본 적도 없으므로 진검룡 옆에 다소곳이 앉아서 침묵을 지키고 있을 뿐이다.

지금 이런 상황에서는 경험이 풍부하고 지식이 가득한 부옥령이라고 해도 뾰족한 방법이 없었다.

대체 어떤 방법으로 횡항둔소를 공격해야지만 함정에 빠지지 않고 동방장천 등을 일망타진할 수 있다는 말인가.

*　　　*　　　*

생각이 길어져서 어느덧 한 시진이 지났지만 진검룡과 부옥령 등은 횡항둔소를 공격할 방법을 찾아내지 못했다.

그때, 강으로 내려오는 강둑 쪽에서 무슨 소리가 들려왔다.

훈용강과 손록 등이 그쪽을 쳐다보며 여차하면 공격할 태세를 갖추었다.

민수림이 손을 들며 조용히 말했다.

"비조당주예요."

민수림의 목소리가 무거운 침묵을 깨자 모두 강둑 쪽을 쳐다보았다.

사람들은 조양문 비조당주가 아까 진검룡 등이 횡항둔소에서 물러났을 때 일행을 이곳 강까지 안내해 주고 나서 근처에서 대기하고 있는 줄 알고 있었다.

강가의 커다란 바위와 울창한 숲에 가려서 비조당주의 모습이 보이지 않는데도 민수림은 다가오는 사람의 기척만으로 비조당주라고 말했다.

그것은 비조당주가 사라졌다가 다시 나타난 일에 민수림이 관련이 있다는 뜻이다.

그런데 커다란 바위 모퉁이를 돌아서 이곳으로 달려오고 있는 사람은 하나가 아니고 여러 명이다.

그들은 모두 다섯 명이며 한결같이 등에 큼직한 배낭을 하나씩 메고 있었다.

선두의 비조당주가 민수림 앞에 멈추자 뒤따르는 네 명도 줄줄이 멈추었다.

"헉헉헉… 늦었습니다……!"

비조당주는 거친 숨을 몰아쉬면서 민수림에게 공손히 고개를 숙였다.

부옥령은 코를 쫑긋거리다가 독특한 냄새를 맡고는 흠칫 표정이 번했다.

'이 냄새는?'

부옥령은 민수림과 비조당주를 번갈아 쳐다보다가 입가에 미소가 떠올랐다.

'옳거니!'

부옥령은 비조당주를 비롯한 다섯 명이 똑같이 등에 메고 온 배낭 속에 벽력탄이 들어 있다는 사실을 눈치챘다.

배낭에서 벽력탄 특유의 화약 냄새를 맡은 것이다. 부옥령은 이들이 벽련탄을 가지고 온 건 민수림의 지시 때문일 것이라고 짐작했다.

비조당주를 비롯한 다섯 명이 가까이 다가오자 훈용강 등 영웅장로들도 비로소 벽력탄 냄새를 맡았다.

경험이 부족한 진검룡은 벽력탄 냄새를 맡고서도 그게 무슨 냄새인지 몰랐으나 민수림과 부옥령, 훈용강 등의 표정과 행동이 조금 달라진 것을 발견했다.

부옥령은 아무 말도 하지 않고 진검룡 옆에 다소곳이 서 있는 민수림을 감탄하는 표정으로 바라보았다.

'이런 기발한 방법을 생각하고 또 준비까지 깔끔하게 마치

고서 소저께선 한발 물러나시는구나.'

부옥령은 민수림이 다음에 할 일을 자신에게 맡기는 것이라고 생각했다.

진검룡과 부옥령 등은 횡항둔소를 어떻게 공격해야지만 대화강력으로 무장하고 있을 동방장천 등을 전멸시킬 수 있을 것인가에 대해서만 곰곰이 생각했었지 벽력탄을 이용하는 것은 일 푼어치도 생각하지 않았었다.

민수림이 벽력탄을 생각해 낸 것은 횡항둔소 공격을 절반 이상 성공시킨 것이다.

만약 민수림이 기억을 잃지 않았다면 벽력탄을 생각해 내지 못했을지도 모른다.

왜냐하면 정파 무림에서는 벽력탄을 사용하는 것이 금기이기 때문이다.

그럼에도 민수림은 기억을 잃었기에 오히려 생각이 유연해져서 진검룡이 횡항둔소를 어떻게 공격해야 하는지 골몰하는 모습을 보고 어렵지 않게 벽력탄을 떠올리고는 비조당주에게 벽력탄을 구해 오라고 명령했던 것이다.

부옥령은 진검룡에게 전음을 했다.

[소저께서 비조당주에게 벽력탄을 가져오라고 명령하신 것 같아요.]

'……!'

[벽력탄으로 횡항둔소를 박살 내기로 하죠.]

진검룡은 적잖이 놀라는 표정을 지었다.

[그래도 되는 거야?]

정파인들은 정당하게 무공만을 사용해서 싸우는 것을 권장했다. 벽력탄을 사용하는 것은 엄밀하게 말해서 사도에 가까웠다.

부옥령은 마치 긴밀한 대화를 나누는 것처럼 진검룡 가까이 다가와서 몸의 앞면을 밀착시키고 그의 귀에 입술을 바짝 대며 전음을 했다.

[사실 무림에서는 동방장천이 쓰고 있는 대화강력을 사용하는 것이 금기거든요.]

진검룡은 귀가 번쩍 뜨였다.

[그래?]

부옥령은 귓속말을 하는 것처럼 자연스럽게 더 밀착하면서 두 손으로 그의 어깨를 잡았다.

[그러니까 벽력탄으로 놈들을 날려 버려도 상관이 없어요.]

부옥령은 진검룡의 몸속으로 자신을 욱여넣을 것처럼 끈끈하게 굴었다.

그녀의 가슴과 하체가 진검룡의 같은 부위를 지그시 물컹하게 압박했다.

슥!

진검룡은 손가락으로 부옥령의 이마를 찌르고는 밀면서 그녀를 떼어냈다.

[그거 좋은 생각이다. 가자.]

*　　　*　　　*

횡항둔소가 바라보이는 위치에 진검룡과 민수림 등이 띄엄띄엄 모여 있다.

진검룡은 시선을 횡항둔소에 고정시킨 채 민수림에게 전음으로 물었다.

[수림, 벽력탄의 위력이 어느 정도입니까?]

두 사람은 커다란 나무 그루터기에 나란히 앉아 있는데 민수림이 그의 어깨에 고개를 기대며 대답했다.

[벽력탄에는 황(黃), 흑(黑), 백(白) 세 종류가 있는데 백탄(白彈)이 가장 화력이 강해요.]

진검룡으로서는 처음 듣는 내용이다.

[벽력백탄 이백 관이면 성 하나를 통째로 날려 버릴 수 있을 거예요.]

[그 정도입니까?]

[그 정도예요.]

진검룡은 성(城)이라는 것이 얼마나 거대한지 잘 알고 있다. 항주에는 성주(城主) 일족이 살고 있는 항주성이 있는데 그 규모가 항주에서 제일 크다는 오룡방보다 최소한 두 배 이상 컸다.

그런데 오늘 준비한 벽력백탄 이백 관으로 항주성을 통째로 날려 버릴 수 있다는 것이니 그저 놀라울 뿐이다.

지금 이 자리에는 진검룡과 민수림을 비롯하여 여섯 명밖에 없다.

열 명 중에서 제일 고강한 부옥령과 동방해룡, 동방도혜, 훈용강이 벽력탄 이백 관을 갖고 횡항둔소 곳곳에 은밀히 장치를 하러 갔다.

관건은 그들 네 명이 들키지 않고 횡항둔소 요소요소에 벽력탄을 심고 빠져나오는 일이다.

슥-

그때 민수림이 기대고 있던 진검룡 어깨에서 고개를 들더니 뭔가 생각난 듯이 눈을 깜빡거렸다.

진검룡은 그녀를 보면서 기대하는 표정을 지었다.

민수림은 진검룡의 손을 잡으며 다정하게 말했다.

[모두 부르세요.]

민수림은 뇌리에 퍼뜩 떠오르는 것을 말할 뿐이지 기억을 더듬으면서 생각하는 법이 없다.

진검룡이 손짓으로 모두를 부르는데 저만치 횡항둔소 쪽 골목에서 세 사람이 나는 듯이 쏘아오고 있는 것이 보였다.

부옥령과 훈용강, 동방도혜가 차례로 도착하여 진검룡 주위에 모였다.

[해룡이 남았어요.]

누군가는 남아서 벽력탄 도화선에 불을 붙여야 하기 때문인데 동방해룡이 횡항둔소에 남았다는 것이다.

진검룡이 방금 도착한 세 사람까지 불러 모아 민수림을 중심으로 둥글게 만들었다.

민수림은 사람들을 둘러보지도 않고 말문을 열었다.

[벽력탄을 터뜨려서 동방장천과 철염, 그리고 대화강력을 전개하는 인물들이 죽지 않았을 것이라는 가정하에 싸움에 임해야 해요.]

진검룡은 느닷없이 그게 무슨 소리냐는 표정으로 민수림을 쳐다보았다.

옆에 있는 부옥령이 손을 뒤로 하여 그의 엉덩이를 살짝 꼬집었다.

[계속 들어요.]

민수림은 원래부터 주위 상황은 아랑곳하지 않고 자신의 할 말만 하는 사람으로 잘 알려져 있다.

민수림의 말이 이어졌다.

[북두은한진법(北斗銀漢陣法)을 전개할 거예요.]

"아……!"

부옥령이 깜짝 놀라서 나직한 탄성을 흘렸다.

다른 사람들은 '북두은한진법'이라는 이름이 생소해서 의아한 표정을 지었다.

하지만 부옥령은 피가 뜨거워지는 것을 느꼈다. 민수림이 진법의 대가이기 때문이다.

민수림은 천 년에 한 명 태어날까 말까 할 정도의 천재이며 그 천재성이야말로 그녀를 우내십절의 일인으로 만들어준 요인이었다.

그녀는 많은 싸움에서 단 한 번도 패배한 적이 없으며 천군성의 고수들을 이끌고 싸운 전투에서도 백전백승했었다.

부옥령은 예전에 민수림이 전투에서 진법을 전개하는 것을 여러 번 본 적이 있었지만 북두은한진법을 전개하는 것은 본 적이 없었다.

민수림은 자신과 진검룡, 부옥령을 가리켰다.

[우리 세 사람이 북두가 되고 나머지가 은한이 되어 진법을 펼칠 거예요.]

민수림은 나뭇가지를 쥐고 바닥에 각자의 방위(方位)를 일일이 가르쳐 주었다.

무공과 혈도에 대해서 공부를 하려면 방위가 필수다. 진검룡은 예전에는 '방위'라는 말을 들어본 적이 없었으나 민수림에게 무공과 혈도를 배웠기 때문에 그녀가 방위에 대해서 하는 말을 다 알아들었다.

사실 진검룡은 민수림이 북두은한진법에 대해서 설명하려고 할 때 알아듣지 못할까 봐 조마조마했었다.

그런데 막상 민수림이 설명을 하자 자신이 하나도 막힘없이 다 알아듣는 것을 보고 깜짝 놀랐다. 그래서 민수림에 대한 고마움이 한층 더 깊어졌다.

이윽고 민수림이 허리를 펴고 사람들을 둘러보았다.

[다 숙지했나요?]

모두 고개를 숙이거나 끄떡였다.

민수림은 진검룡의 손을 잡았다.

[검룡은 내게서 멀어지지 말아요.]

[알았습니다.]

진검룡은 가슴이 따뜻해지는 것을 느꼈다.

*　　　*　　　*

북두은한진법은 지상에서 십 장 높이에서 전개하는 최상승의 진법이다.

말하자면 지상에서 십 장 높이에 최소한 열 호흡 이상 정지한 상태에서 머무를 능력이 있어야지만 북두은한진법의 일원으로 참가할 수 있는 것이다.

또한 북두은한진법은 원래 십팔 명이 전개하는 것인데 민수림이 즉흥적으로 열 명이 전개할 수 있도록 진법을 살짝 변형시켰다.

지금 진검룡과 민수림, 부옥룡을 비롯한 아홉 명은 횡항둔소에서 오십여 장 거리의 어느 장원 지붕에 납작하게 엎드려 있는 상태다.

동방해룡이 벽력탄에 불을 붙이고 빠져나오는 즉시 진검룡 등은 지붕을 박차고 날아올라 횡항둔소 상공으로 쏘아가서 각자의 방위를 지키고 있어야 한다.

동방해룡에겐 부옥령이 천리전음을 전개하여 그의 방위와 어떻게 해야 하는지에 대해서 자세히 설명해 주었다.

때는 인시(寅時:새벽 4시경) 무렵.

* * *

부옥령이 모두에게 전음을 보냈다.

[벽력탄 심지가 타들어가는 시간은 다섯 호흡이고, 세 호흡 때 목표 상공으로 솟구치는 겁니다. 제가 수를 셀 테니까 셋에 일제히 출발합니다.]

민수림은 살며시 진검룡의 손을 잡았다.

그런데 그와 동시에 부옥룡도 그의 다른 손을 잡았다.

민수림은 그것을 봤지만 내버려 두었다. 그녀는 무엇을 볼 때 힐끔거리거나 옆눈으로 보는 적이 없다.

언제나 정면으로 떳떳하게, 아니면 자연스럽게 쳐다보고 그렇지 않으면 아예 보지 않았다.

그것만 봐도 그녀가 기억을 잃기 전에 얼마나 대범하고 정

정당당한 사람이었는지를 짐작할 수 있다.

또한 부옥령이 진검룡에게 무척이나 친밀하게 행동하고 때로는 가벼운 신체적인 접촉을 하더라도 민수림은 어떤 반응을 보이지 않았다.

그것은 민수림이 일부러 화를 참는다거나 어떤 무엇이 두려워서 모른 체하는 것이 아니다.

그녀는 작은 일에 감정을 드러내고 참견하는 것과는 거리가 먼 사람이다.

한마디로 민수림은 너그럽고 대범하며 어느 누구도 비교하기 어려운 대인의 풍모를 지녔다.

꼭 그런 게 아니더라도 그녀가 예전에 굉장한 사람이었을 것이라고 추측할 수 있는 일들은 한두 가지가 아니다.

부옥령은 중인을 한 명씩 차근차근 둘러보고는 진지하게 전음을 했다.

[준비하세요.]

부옥령은 횡항둔소 안에 잠입해 있는 동방해룡에게 천리전음을 보냈다.

[지금이다. 불붙여라.]

부옥령을 비롯한 여기에 있는 아홉 명의 귀에는 동방해룡이 화섭자의 불을 도화선에 붙이는 치이… 하는 소리를 똑똑하게 들렸다.

그것은 마치 쥐가 달리다가 풀잎을 스치거나 도둑고양이가 담에서 뛰어내리는 정도의 미미한 음향이라서 횡항둔소 안에서 듣는다고 해도 의심을 사지 않을 터이다.

[하나… 둘… 셋!]

부옥령이 셋을 세는 순간 아홉 명은 횡항둔소를 향해 힘껏 솟구쳐 올랐다.

슈우욱!

그때 태산이 무너지는 것 같은 엄청난 굉음이 터졌다.

꽈꽈꽝!

벽력백탄 이백 관이 횡항둔소를 산산조각 날려 버리는 것이다.

허공으로 솟구치고 있는 진검룡을 비롯한 아홉 명은 엄청난 폭발음에 고막이 찢어지는 것 같고 폭발의 여파에 몸이 크게 진동했다.

벽력탄 도화선에 불을 붙인 동방해룡이 수직으로 솟구쳐서 진검룡 일행에 합류했다.

벽력백탄은 폭발하는 위력은 강하지만 불길은 적게 일어 불기둥은 장원 위로 치솟지 않았다.

그렇기에 진검룡 등 열 명이 장원 위 십여 장 높이에 정지 상태로 떠 있어도 피해를 입지 않는 것이다.

십여 장 높이에서 부옥령이 전음으로 짧게 외쳤다.

[위치로!]

스스으읏!

다음 순간 열 명이 흩어졌다.

아니, 뿔뿔이 흩어지는 것 같았는데 다시 보면 여전히 모여 있는 광경이다.

그런가 하면 흩어져 있는 광경이기도 하다. 그러니까 모여 있는 것 같기도 하고 흩어져 있는 것 같기도 한 광경이다.

꽈꽈꽈르릉!

횡항둔소는 연속적으로 폭발을 일으켰다. 네 개의 전각이 아예 산산조각 나서 가루로 화하고 있다.

진검룡을 비롯한 열 명은 북두은한진법의 방위에서 아래를 날카롭게 쏘아보고 있다.

사방으로 쏟아져 날아가는 파편들 속에 잘려진 팔다리와 살점들이 보였다.

잠시 후 횡항둔소의 전각 네 개는 완전히 풍비박산나서 그 자리에 잔해만 수북하게 남았다.

그렇지만 진검룡 등은 부서지는 전각 속에서 튀어나오는 사람을 한 명도 발견하지 못했다.

진검룡은 문득 불길한 예감이 들어 반사적으로 부옥령을 쳐다보았다.

싸움을 할 때나 위급한 상황에도 민수림은 그 상황에 관계없이 늘 평온하며 예외자의 태도이므로 진검룡이 공조할 사람은 부옥령뿐이다.

때마침 부옥령도 같은 생각을 하면서 그를 쳐다보다가 두 사람의 시선이 마주쳤다.

[아무도 없는 거 아냐?]

[아무도 없어요!]

두 사람은 동시에 전음으로 외쳤다.

다른 여덟 명이 모두 들을 수 있는 전음이다.

그 순간 열 명의 뇌리에 동시에 스치는 것이 있다.

'함정!'

진검룡이 다급하게 외쳤다.

"물러나라!"

부옥령이 뒤따라 외쳤다.

"외삼(外三)북두은한 방위다!"

'외삼'이란 북두은한의 또 다른 방위다.

진법은 내(內), 외(外), 중(中)의 방위에 펼치는데 그것을 다시 내사중이외오(內四中二外五)라는 식으로 세분하여 전개한다.

부옥령이 방금 외친 것은 외삼북두은한 방위로 물러나 피하라는 뜻이다.

무질서하게 마구 피했다가는 혹시 매복해 있을지 모르는 적들에게 암습을 당할 수도 있기 때문이다.

암습에 대비하여 피하더라도 북두은한진법을 유지하고 있으면 천하제일인이 암습한다고 해도 끄떡없다.

스우우…….

열 명은 마치 공간 이동을 하듯이 찰나지간에 외삼 방위로 이동했다.

이들 열 명은 서로 손을 잡고 있지 않지만 북두은한진법으로 연결되어 있기 때문에 하나의 틀 안에 있으므로 마치 한 몸처럼 움직였다.

그곳에서 열 명 중에 다섯 명의 시선은 어김없이 횡항둔소에 뚫어지게 고정되었으며 다른 다섯 명은 재빨리 주위를 훑어보며 경계했다.

그렇지만 횡항둔소에서는 아무도 튀어나오지 않았고 누군가 진검룡 등을 암습하지도 않았다.

진검룡 등 열 명은 밤하늘에 둥둥 떠 정지한 상태에서 멍한 상태가 되었다.

그들 중에 이런 결과가 나올 것이라고 아무도 예상하지 않았기 때문이다.

그때 민수림이 조용히 입을 열었다.

"알겠어요."

아홉 명의 시선이 민수림에게 집중됐다.

민수림은 차분하게 말했다.

"동방장천 등은 저기에 없어요."

사람들은 의아한 표정을 지었다.

부옥령이 물었다.

"소저, 그럼 그들은 어디에 있나요?"

부옥령은 천하에서 오로지 한 사람, 민수림에게만은 두뇌와 지식 면에서 한 수 밀린다고 인정한다.

민수림은 자신의 눈으로 본 것처럼 대답했다.

"동방장천은 조양문에 갔을 거예요."

"아……."

누군가 나직한 탄성을 흘렸다.

민수림의 말을 듣는 순간 다들 쇠망치로 뒤통수를 호되게 강타당한 듯한 충격을 받았다.

손록이 일그러진 얼굴로 말했다.

"그놈들이 우리가 없는 틈을 노려서 조양문을 괴멸시키려는 것이군요."

"틀렸다."

민수림은 진검룡이 속해 있지 않은 다수나 수하라고 인정하는 사람에겐 하대를 한다.

"무슨 말씀이신지……."

민수림은 고개를 살래살래 가로저었다.

"그들은 우리가 조양문에 있는 줄 알고 그곳으로 간 거야. 우리가 없다는 것을 알고 나서는 조양문을 괴멸시키는 짓 따위는 하지 않을 거야."

"설마……."

부옥령이 손록의 의혹을 묵살시켰다.

"이봐, 그자는 절대검황이야. 남천의 절대자 동방장천이라고. 그따위 허접쓰레기 같은 짓을 저지를 것 같은가?"

손록은 고개를 갸웃거렸다. 그로서는 민수림이나 부옥령의 말을 이해할 수가 없다.

"어째서 그렇습니까?"

"너 같으면 조양문을 괴멸시키겠느냐?"

손록은 고개를 끄떡였다.

"당연합니다. 조양문이 동방장천에게 한 짓이 있잖습니까? 그걸 어떻게 용서합니까?"

부옥령은 이번에는 진검룡에게 물었다.

"주군이시라면요?"

"내가 동방장천이라면?"

"네."

"그냥 간다."

민수림과 부옥령은 방긋 미소를 짓고 손록은 어이없다는 표정을 지었다.

그러고보니까 열 명 중에서 오로지 손록만 어이없는 표정을 짓고 다른 사람들은 당연하다는 얼굴이다.

손록은 그걸 한발 늦게 발견하고는 억울한 듯한 표정으로 태동화에게 물었다.

"자네도 나하고 생각이 다른 건가?"

예전 항주제일방파 오룡방의 방주였던 손록과 항주오대방파의 하나였던 연검문의 문주 태동화는 비슷한 연배라서 그동안 친구가 되어 있었다.

태동화는 고개를 끄떡였다.

"그렇네. 나라면 주군처럼 조양문을 건드리지 않고 조용히 떠나겠네."

손록은 답답하다 못해서 처연한 표정을 지었다.

"어… 째서 그런 거지? 나는 도대체 이해할 수가 없네. 그런 좋은 기회를 어째서 놓친다는 말인가?"

그때 훈용강이 걸걸한 목소리로 말했다.

"나는 이제야 알 수 있을 것 같군."

훈용강은 중인의 시선을 받으면서 진심 어린 표정으로 손록에게 말했다.

"얼마 전까지의 나였다면 아마 손 형과 똑같은 생각을 했을 것이오."

부옥령이 이끌어서 열 명은 천천히 하강하여 인근의 어느 전각 지붕에 내려섰다.

진검룡은 물론이고 민수림과 부옥령, 그리고 손록은 제외한 모두 조금도 서두르지 않았다.

아마 이유를 알게 되면 손록도 서두르지 않게 될 것이다.

훈용강은 밝은 얼굴로 말을 이었다.

"손 형도 아시다시피 나는 예전에 사파의 지존이었소. 여북하면 별호가 삼절사존이었겠소."

훈용강이 복건성 삼절맹의 맹주이며 사파무림의 거두라는

사실은 유명한 일이다.

"사파지존이 무슨 뜻이겠소? 그건 뼛속까지 깊이 사악하다는 뜻이오."

그러고 보니까 훈용강의 말투는 점잖고 목소리는 조용하고 굵직해졌다.

"그런데 말이오. 주군의 수하가 된 이후부터 사파하고는 인연을 끊고 주군께서 시키는 일만 하다 보니까 어느새 내가 정파인이 되어 있더라는 말이오."

"……."

"손 형도 그렇지 않소?"

"그… 런가?"

삼십팔 세의 훈용강은 사십육 세의 손록을 형(兄)으로 대접하고 있다.

예전의 훈용강이라면 어림 반 푼어치도 없는 일이다. 나이와 지위, 신분이 무슨 상관이라는 말인가. 그에게 있어서 최고는 힘이었다.

"주군께서는 정의로운 일만 명령하셨고 우린 그 일들을 기꺼이 해냈소. 그러는 동안 우리도 점차 변한 것이오. 사파인에서 정파인으로 말이오."

"나는……."

현수란이 손록의 가슴을 손가락으로 찔렀다.

"손 오라버니 자신이 정파인이었다고 말하면 내가 가만 놔

두지 않겠어요."

손록은 찔끔했다. 사실 그는 그렇게 말하려고 했었다. 예전 오룡방은 자타가 인정하는 정파지문이었다.

현수란은 팔짱을 끼고 턱을 살짝 들었다.

"예전의 오룡방은 사파의 그 어떤 방파보다도 악독한 짓을 많이 했어요."

"음……."

그게 사실이라서 손록은 아무 말도 하지 못했다.

현수란은 내친김에 한술 더 떴다.

"예전의 손 오라버니였다면 내 앞에 감히 서 있지도 못했을 거예요."

그건 그랬다. 현수란과 손록은 둘 다 항주를 대표하는 사람들이라서 마주칠 기회가 많았었다.

하지만 현수란이 손록을 병적으로 증오했기 때문에 두 사람은 한 번도 만난 적이 없었다.

"흥! 세월 많이 좋아졌죠? 내가 손 오라버니라고 부르고 걸핏하면 우리끼리 밥 먹고 술도 마시니까 말이에요."

손록은 머쓱한 얼굴로 뒤통수를 긁적였다.

"그건 그래."

"그래도 모르겠어요?"

"뭘……."

"여기 용강이나 손 오라버니는 많이 변했다고요. 그러니까 이제는 매사 정파인의 눈으로 사물을 보게 된 거예요."

손록은 중얼거렸다.

"정파인의 눈……."

그는 알 것도 같고 모를 것도 같은 표정을 지었다.

第百二十七章

도하역행류(渡河逆行流)

훈용강이 굵직한 목소리로 말을 이었다.

"나는 스스로 영웅인(英雄人)이라고 생각하오."

손록은 의아한 표정을 지었다.

"영웅인이 뭐요?"

손록만이 아니고 현수란과 태동화 등도 의아한 얼굴로 훈용강을 쳐다보았다.

그렇지만 진검룡과 민수림, 부옥령은 훈용강의 말뜻을 알아들은 것 같은 표정이었다.

훈용강이 매우 엄숙한 표정을 지었다.

"영웅인은 영웅문 사람이라는 뜻이오. 정파인, 사파인, 마도인 같은 것이 아니라 영웅인이오."

"아……."

"그런 뜻이 있었군요."

다들 고개를 끄떡이며 감탄하는 표정을 지었다.

훈용강은 진중한 표정으로 말을 이었다.

"영웅인의 입장에서 봤을 때 내가 동방장천이라면 조양문을 건드리지 않을 것이라는 얘기요."

손록은 진중한 얼굴로 고개를 끄떡였다.

"음, 알 수 있을 것 같소."

손록은 씁쓸한 표정을 지었다.

"나도 영웅문 휘하 오룡당주로서 반년 이상 지내는 동안 예전의 내가 얼마나 나쁜 놈이었는지 깨닫게 되었소."

손록이 스스로 '나쁜 놈'이라고 자신을 꾸짖는 것을 사람들은 숙연한 얼굴로 들었다.

손록은 훈용강을 우러르듯 바라보았다.

"나도 언젠가는 훈 형 같은 영웅인의 영웅지심(英雄之心)이 생길 것이오. 지금은 영웅인이 되어가는 과정인 것 같소. 조금만 기다리시오. 곧 따라가겠소."

훈용강이 '영웅인'이라는 새로운 말을 만들더니 이제는 손록의 입에서 '영웅지심'이라는 말이 나왔다.

훈용강은 손록에게 손을 저으며 정중히 말했다.

"손 형은 나보다 나이가 많은데 나를 아우로 대해도 되오.

그러길 바라오."
손록은 고개를 가로저었다.
"형이 형다워야 형 노릇을 하는 것이오. 지금은 외려 훈 형이 형 같으니 내가 좀 더 배워야 하오."
사람들은 두 사람이 나누는 대화를 훈훈한 표정을 지으며 지켜보았다.
그때 부옥령이 짐짓 냉랭한 어조로 말했다.
"잡담은 끝났느냐?"
훈용강과 손록은 얼굴을 붉히며 고개를 숙였다.
"죄송합니다, 좌호법."
"어이쿠, 잘못했습니다."
지금은 횡항둔소에 있던 동방장천과 금혈마황 등이 사라진 것에 대해서 얘기를 해야 하는 상황인데 훈용강과 손록이 사사롭게 잡담을 하고 있었던 것이다.
진검룡은 훈용강에게 넌지시 물었다.
"용강, 네 생각에 동방장천이 어떻게 할 것 같으냐?"
훈용강은 생각하지도 않고 즉답했다.
"그자는 우리를 기다리고 있을 것 같습니다."
"기다린다고?"
훈용강은 완전히 형체가 사라져 버린 횡항둔소를 쳐다보면서 말을 이었다.
"동방장천은 횡항둔소에 함정을 파고 우리를 기다리고 있었습니다."

"그렇지."

"동방장천은 우리를 무작정 기다리지는 않았을 것입니다. 어느 정도 일정 시간을 두고 기다리다가 우리가 함정에 걸려들지 않자 이윽고 우리를 찾으러 직접 나선 것입니다."

"아까 우리가 강가에서 횡항둔소를 어떻게 공격할 것인지에 대해서 궁리하고 있을 때 말인가?"

"그렇습니다. 동방장천은 횡항둔소 주변에 아무도 없는 것을 확인하고는 남창 조양문으로 갔을 것입니다."

"흐음."

"그렇지만 조양문에 우리가 없다는 것을 알고는 거기에서 우리를 기다리고 있겠지요."

진검룡은 수염도 없는 턱을 쓰다듬었다.

"동방장천이 어째서 우릴 기다릴 거라고 생각하지?"

"조양문 사람들을 족쳤겠지요. 그래서 우리가 횡항둔소에 갔다는 사실을 알고는 헛걸음하고 돌아올 것이라고 예상하고 있을 겁니다."

진검룡은 빙그레 미소 지었다.

"조양문 사람들 중에서 우리가 횡항둔소에 간 것을 아는 사람이 누구냐?"

"권부익과 소소, 적인결입니다."

"동방장천이 고문하면 그들이 입을 열겠느냐?"

훈용강은 잠시 생각하다가 고개를 끄떡였다.

"그럴 겁니다."

훈용강은 지독한 고문을 이기는 사람은 없다고 생각했다. 분근착골수법을 사용하면 누구라도 자신이 아는 것들을 술술 불게 되어 있다.

"동방장천이 분근착골을 사용할 거라는 얘기냐?"

"그렇습니다. 분근착골에 배겨나는 사람은 없습니다."

진검룡은 재미있다는 표정을 지었다.

"만약 용강 네가 동방장천에게 붙잡혔고 너를 분근착골로 고문해서 내 행방을 알아내려고 한다면? 그것으로 내가 죽게 된다면 너는 분근착골을 견디겠느냐? 아니면 고통을 이기지 못하고 술술 실토하겠느냐?"

"그것은……."

훈용강은 거기까지는 생각한 적이 없어서 대답을 하지 못하고 머뭇거렸다.

진검룡은 팔짱을 끼고 기다렸다.

진검룡 좌우에 있는 민수림과 부옥룡도 흥미롭다는 듯 훈용강을 바라보았다.

그러나 다른 사람들은 자신이 훈용강 같은 입장에 처하게 되면 어떻게 행동할 것인지에 대해서 생각해 보았다.

훈용강의 생각이 길어지고 있다. 그는 딱 잘라서 대답하기보다는 과연 자신이 분근착골수법을 어떻게 버틸 수 있을지에 대해서 골똘히 생각했다.

다른 사람들의 생각도 길어졌다. 처음에는 가볍게 생각했던 그들이지만 자신들이 어떻게 분근착골수법을 견딜 수 있을 것인지 생각하게 되니까 자연히 생각이 길어졌다.

이윽고 훈용강이 무겁고도 진지하게 입을 열었다.

"할 수 있을 것 같습니다."

"뭘 말인가?"

진검룡은 훈용강이 무슨 말을 할 것인지 짐작한다는 듯한 표정을 지었다.

"분근착골수법을 견뎌낼 수 있을 것 같습니다."

"흠… 어떻게?"

훈용강의 표정은 그 어느 때보다도 진지했다.

"제가 분근착골수법에 져서 주군의 행방을 실토하고 그래서 주군께서 돌아가신다는 가정을 하면 분근착골수법을 이겨낼 수 있을 것 같습니다."

"그래?"

"어차피 분근착골수법은 인간이 만들어낸 것입니다. 그것을 같은 인간인 제가 견디지 못할 이유가 없습니다."

"호오……."

"세상에서 죽음보다 더한 고통은 없습니다. 그러므로 분근착골보다 더한 인내심을 지닌다면 고통을 초월할 수 있을 것 같습니다."

부옥령이 중얼거렸다.

"해탈(解脫)이로군."

"네?"

훈용강은 의아한 표정을 지었다.

부옥령은 담담한 얼굴로 말했다.

"나는 예전에 적에게 붙잡혀서 분근착골수법 고문을 당한 적이 있었어."

훈용강은 물론이고 다들 뜻밖이라는 표정을 지으며 부옥령을 주시했다.

부옥령은 자신의 과거에 대해서 일절 아무 말도 하지 않는 것으로 유명하다.

그런 그녀가 처음으로 자신의 과거에 대해서 스스로 발설하고 있는 것이다.

"내가 분근착골에 져서 실토를 하면 내가 모시는 분께서 위험하게 되는 상황이었지."

훈용강을 비롯한 모두의 표정이 '그래서 어떻게 됐습니까?' 하고 물었다.

부옥령은 슬쩍 민수림을 쳐다보았다. 민수림은 다른 곳을 바라보는데 그 시선 끝에는 진검룡이 있다.

그녀는 언제나 진검룡을 바라보거나 아니면 경치를 바라보는 둘 중 하나다.

지금 부옥령이 말하고 있는 그녀가 모시는 분은 바로 민수림을 가리키는 것이다.

부옥령은 민수림에게서 시선을 거두고 그 당시를 회상하는 듯한 표정으로 말했다.

"분근착골수법을 당하는 동안 나는 오로지 한 가지 생각에 골몰했어."

"그게 뭡니까?"

훈용강이 급히 물었다.

"고통을 이기지 못하고 실토하게 되기 전에 빨리 죽어야겠다고 결심했지."

"아……."

누군가의 입에서 나직한 탄성이 흘러나왔다. 그것은 머리에 뜨거운 물을 들이붓는 것처럼 모두에게 매우 신선한 충격을 주었다.

"혈도가 제압된 상태였기 때문에 움직일 수도 없어서 자결을 한다는 것이 결코 쉽지 않았어."

혈도가 제압되고 분근착골수법을 당하고 있는 도중에 자결을 한다는 것은 불가능에 가까운 일이다.

모두들 부옥령이 무슨 말을 할 것인지 주목했다.

"죽는다고 결심을 하니까 마음이 차분해졌어. 하지만 분근착골을 이길 정도로 차분해졌다는 건 아냐."

중인들이 고개를 끄떡였다. 이들 중에서 분근착골수법을 당해본 사람은 아무도 없다. 그렇기 때문에 그것이 얼마나 무서운지 상상만 할 뿐이다.

부옥령은 그 당시를 회상하듯 표정이 단호해졌다.

"나는 혈류를 역행시켜서 자결하는 방법을 생각해 봤지."

"혈류를 역행……?"

"적은 내 몸을 제압했지만 체내의 기운이나 혈맥까지 제압한 것은 아니었으니까."

"그렇군요."

현수란이 초조하게 외치듯이 물었다.

"그래서 어찌 됐습니까? 자결했나요?"

사람들이 자신을 어이없는 듯한 얼굴로 쳐다보자 현수란은 어리둥절했다.

"왜요?"

"좌호법께서 자결하셨으면 지금 살아계시겠어?"

"아……."

태동화의 말에 현수란은 실소를 흘렸다.

주위를 환기시키듯이 훈용강이 차분하게 물었다.

"그래서 어찌 됐습니까?"

훈용강은 부옥령이 분근착골수법을 견뎠을 것이라고 생각했다. 그래서 어떻게 견뎌냈는지가 궁금했다.

부옥령은 가슴속에서 잔잔한 파문이 일었지만 억누르고 말을 이었다.

"자결할 방법을 찾으려고 혈류를 체내의 곳곳으로 이리저리 돌아다니게 하다가 한 가지 방법을 발견했어."

"뭡니까?"

그런데 그때 민수림이 갑자기 불쑥 말했다.

"도하역행류(渡河逆行流)."

"……."

"……."

사람들은 의아한 표정을 지으면서 민수림을 쳐다보았다.

그러나 누구보다 놀란 사람은 부옥령이다. 아니, 그녀는 대경실색하여 민수림을 쳐다보았다.

그래서 부옥령은 하지 말아야 할 말을 하고 말았다.

"그걸 어떻게 아셨습니까?"

민수림은 차분하게 말했다.

"도하역행류는 분근착골수법을 파훼하는 수법이에요."

"아……!"

"설마 그런 것이……."

다들 너무 놀라서 탄성을 터뜨렸다.

민수림이 말을 이었다.

"분근착골뿐만이 아니라 모든 고문수법을 이기는 것이 도하역행류예요."

예전에 부옥령은 도하역행류라는 희대의 수법을 민수림에게 배운 적이 있었다.

부옥령이 민수림에게 다시 물었다.

"도하역행류의 구결을 기억하십니까?"

민수림은 대수롭지 않게 대답했다.

"내가 만들었는데 그걸 왜 모르겠어요?"

"아……."

부옥령은 혹시 민수림이 기억을 회복한 것이 아닌가 하여 그녀 앞으로 가서 자세히 살펴보았다.

민수림은 가볍게 미간을 좁혔다.

"왜 그러죠, 좌호법?"

민수림이 부옥령을 '좌호법'이라고 불렀다.

부옥령은 떨리는 가슴을 억누르며 조심스럽게 물었다.

"소저, 저를 알아보시겠습니까?"

"당신은 좌호법이잖아요."

"어… 어디의 좌호법이죠?"

민수림은 빙긋 미소 지었다. 부옥령이 농담을 하는 것이라고 생각했기 때문이다.

"어디긴 어디예요. 영웅문 좌호법이죠."

*　　　　*　　　　*

'휴우…….'

부옥령은 속으로 길게 한숨을 내쉬었다.

그녀는 민수림이 기억을 되찾은지 알고 바싹 긴장했다가 다리에 힘이 풀리는 것을 느꼈다.

부옥령은 천상옥녀를 찾으려고 천하를 헤매면서 돌아다니다가 항주에서 우연히 기억을 잃은 민수림을 발견했었다. 그래서 그녀가 기억을 회복할 때까지 옆에서 돕겠다고 작정을 하고 영웅문에 머물렀었다.

그랬는데 지금은 천군성에 돌아갈 생각 같은 것은 손톱만큼도 하지 않고 있다.

부옥령은 혼인을 하지 않았으며 그녀가 어렸을 때 가문이 멸문했기 때문에 피붙이라고는 한 명도 없다. 다시 말해서 그녀는 혈혈단신 외톨이인 것이다.

그녀는 어렸을 때 아미파에 보내졌으며 그곳에서 장장 이십오 년이나 무공연마에만 파묻혀서 살다가 속세로 나와서 천군성주인 천상옥녀의 수하가 된 것이 그녀가 세상과 마주한 세월의 전부였었다.

천군성에서 그녀에게 충성을 다하던 몇몇 수하들이 있지만 단지 수하일 뿐이다.

그들과 가족처럼 끈끈한 정을 나누면서 생사를 초월할 정도는 아니었다.

지금의 부옥령에게는 영웅문이 자신의 집이고 고향처럼 여겨졌다.

두말하면 잔소리지만 영웅문에 그녀의 모든 것인 진검룡이 있기 때문이다.

이제 그녀는 진검룡을 떼어놓고는 자신의 인생을 논하지 못할 정도가 되었다.

어느 날 갑자기 혈혈단신 외톨이가 되어 불가에 내던져졌던 그녀는 어디 하나 정붙일 곳이 없는 수십 년 세월을 살아오면서 해마다 자신의 마음에 겹겹이 철갑을 둘렀다.

그랬던 그녀가 진검룡을 만나 우여곡절 끝에 그를 주인으로 모시게 되었다.

그래서 진검룡과 허물없이 친형제나 연인, 부부처럼 부대끼면서 지내다 보니까 그녀도 모르는 사이에 겹겹이 둘렀던 철갑이 하나씩 벗겨지고 어느덧 맨몸이 돼버리고 말았다.

그리고 정신을 차렸을 때에는 그녀에게 민수림보다 진검룡이 더 소중한 존재가 되어버렸다.

아니, 솔직히 말하면 아직도 그녀는 정신을 차리지 못하고 긴 꿈속에 빠져 있다.

부옥령은 조금 전에 하던 얘기를 계속했다.

“부단한 노력 끝에 나는 분근착골의 고통을 완전히 벗어날 수 있었다. 고통을 조금도 느끼지 못하고 오히려 편안함을 맛보았지.”

“어떻게 그럴 수 있습니까?”

“그게 바로 불가나 도가에서 말하는 해탈이야. 산 정상에 오르는 방법이 꼭 한 가지만 있는 것이 아닌 것처럼 해탈에 이르는 방법 역시 여러 가지가 있지. 나는 그중에 하나를 발견해 낸 것이야."

훈용강은 몹시 궁금한 듯 물었다.

"그 경지에 이르면 분근착골의 고통이 전혀 느껴지지 않는 겁니까?"

"그래. 전혀."

"그것이 도하역행류입니까?"

"그건 아냐."

부옥령은 고개를 가로저었다.

"나는 도하역행류라는 고명한 수법이 있다는 소문을 들은 적이 있지만 내가 발견한 해탈수법은 그것에 훨씬 미치지 못하는 수법이야."

훈용강의 호기심은 끝날 줄 몰랐다.

"무엇이 다릅니까?"

그것이 무공에 관한 것이기 때문이다.

부옥령은 차분하게 설명했다.

"내가 만든 해탈수법은 단지 분근착골의 고통을 잊게 해주는 것뿐이지만 도하역행류는 분근착골을 비롯한 모든 점혈수법을 파훼하는 매우 고명한 수법이야."

훈용강 등은 크게 놀랐다.

"파훼한다는 겁니까?"

훈용강 등은 아까 도하역행류가 분근착골을 파훼하는 수법이라고 민수림이 말했을 때 크게 놀라면서도 설마 하는 생각을 버리지 않았었다.

부옥령은 민수림을 쳐다보았다. 민수림은 아무 말도 하지 않고 가만히 있었다.

부옥령더러 설명해 보라는 뜻이다. 그녀가 얼마나 제대로 설명하는지 지켜보겠다는 뜻이기도 하다.

사실 부옥령은 예전에 민수림에게 도하역행류를 배웠기 때문에 그녀만큼 제대로 설명할 수 있지만 지금은 그러지 않기로 했다.

"간단하다. 도하역행류를 배우면 적의 점혈수법에 절대 제압되지 않는다."

"맙소사……."

"그게 가능합니까?"

"가능하다."

부옥령이 어떠냐는 듯 민수림을 쳐다보자 그녀는 가볍게 고개를 끄떡였다.

"맞아요."

훈용강 등은 너무 놀라서 벌린 입을 다물지 못했다.

점혈수법에 제압되지 않는다는 것은 너무도 굉장하고 무림인들에겐 꿈같은 일이기도 하다.

그런데 그것을 민수림이 창안했다는 것이니 얼마나 놀랍고 대단한 일인가.

손록이 물었다.

"그래서 어떻게 됐습니까?"

"뭐가?"

"좌호법님을 고문하던 자는 어찌 됐습니까?"

부옥령은 가볍게 고개를 끄떡였다.

"죽었다."

손록은 깜짝 놀랐다.

"누가… 죽였습니까?"

부옥령은 팔짱을 꼈다.

"내가 모시던 분께서 죽이고 나를 구해주셨다."

부옥령이 말을 할수록 사람들의 궁금증이 풀리기는커녕 점점 더 쌓였다.

부옥령은 손을 들어서 칼로 자르는 동작을 취했다.

"됐다. 여기까지만이다."

분근착골을 얘기하다가 본의 아니게 그녀의 과거에 대해서 너무 많이 발설하고 말았다.

훈용강은 미간을 좁혔다.

"너무하시는 거 아닙니까?"

"뭐가 말이냐?"

"제일 중요한 대목에서 얘기를 싹뚝 자르는 법이 어디에 있습니까?"

"내 마음이다."

그래도 훈용강은 물러서지 않았다.

“하나만 알려 주십시오.”

“뭐냐?”

“좌호법님을 제압했던 인물은 누구고 좌호법님께서 모시던 분은 누굽니까?”

훈용강은 하나만 알려달라고 해놓고서 두 개를 물었다.

부옥령이 어림도 없다는 표정을 지으면서 거절하려는데 진검룡이 넌지시 말했다.

“그래, 그 두 사람이 누구냐?”

“주군…….”

부옥령은 곤란하다는 표정을 지었지만 진검룡에게는 통하지 않았다.

진검룡은 빙그레 미소 지었다.

“대답하면 근사하게 술상 차려주마.”

부옥령은 술상이 문제가 아니라 진검룡의 부탁 같은 명령을 거절하지 못했다.

그녀는 아주 살짝 얄밉다는 표정을 짓고는 착 가라앉은 목소리로 대답했다.

“저를 제압했던 인물은 등룡신권(騰龍神拳)인데 제가 모시던 분께서 그자를 죽이고 저를 구해주셨어요.”

“허억!”

“으어어…….”

훈용강 등은 기함할 정도로 대경실색했다.

그렇지만 진검룡은 등룡신권이 누군지 몰라서 눈만 껌뻑거리고 있을 뿐이다.

놀라는 표정의 훈용강이 부옥령에게 확인하듯이 물었다.

"설마 천지이십신의 등룡신권 말입니까?"

부옥령은 씁쓸하게 고개를 끄떡였다.

"그래."

"맙소사……."

진검룡과 민수림을 제외한 일곱 명은 혼비백산 놀라서 정신이 없는 표정이다.

천하에서 가장 고강한 열 명이 우내십절이고 그에 버금가는 절대고수들이 천지이십신 스무 명이다.

등룡신권은 천지이십신 중의 한 명이다. 천지이십신 스무 명 중에도 약간의 차이로 고강한 인물과 조금 약한 인물이 있는데 부옥령은 중간 정도였고 등룡신권은 천지이십신 중에서 가장 고강했었다.

훈용강 등은 부옥령이 천지이십신이라는 사실을 까맣게 모르고 그녀가 모시던 인물이 천지이십신 중에서 최강자인 등룡신권을 죽였다니까 소스라치게 놀라는 것이 당연하다.

"좌호법님, 등룡신권을 죽인 분이 누굽니까?"

그렇게 묻는 훈용강만이 아니라 모두가 몹시 궁금한 표정으로 부옥령을 주시했다.

그렇지만 그 물음은 단순하게 등룡신권을 죽인 인물이 누구인지를 묻는 것만이 아니다.

부옥령이 거기에 대답을 하면 그녀의 신분이 드러날 수밖에 없다.

“내가 모시던 분이야.”

그래서 그렇게만 대답했다.

중인들은 부옥령이 더 이상 밝히기를 꺼린다는 사실을 알아차렸다.

훈용강과 현수란 등은 진검룡을 쳐다보았다. 진검룡이 부옥령에게 물어보라는 무언의 부탁이다.

진검룡이 물어보는 것은 명령이므로 부옥령이 무조건 대답할 것이라고 생각했다.

하지만 진검룡은 부옥령의 표정에서 그녀가 그만 말하고 싶어 한다는 것을 읽었다.

진검룡은 훈용강에게 물었다.

“용강, 자넨 동방장천이 어떻게 할 것 같은가?”

진검룡은 얘기를 처음으로 다시 되돌렸다.

훈용강은 진검룡이 부옥령에 대한 얘기를 이쯤에서 끝내자는 것으로 알아들었다.

“동방장천은 조양문에 함정을 파고 우리를 기다리고 있을 것 같습니다.”

그러자 현수란과 손록, 현수란 등은 고개를 끄떡이며 공감을 표했다.

부옥령은 진검룡 옆에 서서 밤하늘을 바라보고 있는 민수림에게 물었다.

"소저 생각은 어떠신가요?"

민수림은 시선을 거두어 부옥령을 쳐다보았다.

"그는 돌아갔을 거예요."

"어디로 말인가요?"

"검황천문으로 갔겠지요."

최소한 훈용강을 비롯한 영웅장로 네 명과 청랑, 옥소 등 여섯 명은 그렇게 생각하지 않았다.

부옥령의 생각도 민수림과 같았다. 그렇지만 부옥령은 동방장천이 무엇 때문에 돌아갔을지 이유까지 자신하고 같은지가 궁금했다.

"그가 왜 돌아갔을까요?"

훈용강 등은 부옥령과 민수림의 대화가 마치 신선들의 선문답(禪問答) 같다는 생각이 들었다.

민수림의 특징은 어떤 상황이든지 골똘히 생각하지 않고 말한다는 것이고 지금도 그랬다.

"그의 능력이 우리에 비해서 압도적이지 않기 때문일 거예요. 게다가 피로가 누적됐겠지요."

민수림의 말에 비로소 영웅장로들은 알 듯 말 듯한 표정을 지었으나 다 이해한 것은 아니다.

부옥령은 고개를 끄떡였다.

"그자가 조양문에 함정을 팠을 가능성이 있지만 철수했을 가능성이 더 커요."

진검룡이 진지한 얼굴로 말했다.

"어느 게 더 크지?"

부옥령은 조금 전에 진검룡이 자신을 곤란하게 했던 일이 생각나서 그를 살짝 골려주고 싶어졌다.

"어느 게 더 큰 것 같으세요?"

진검룡은 조금도 당황하지 않고 대답했다.

"오 대 삼 정도일 것 같아."

"뭐가 오죠?"

"돌아가는 게 오, 조양문에 남는 게 삼이야."

십(十) 중에 오(五)와 삼(三)을 더하면 팔(八)이니까 나머지 이(二)가 남는다.

그걸 모를 리 없는 진검룡이다.

"나머지 이(二)는 뭐죠?"

진검룡은 자욱한 표정을 지으며 천천히 주위를 둘러보았다.

"이 근처에 남아 있을 가능성이야."

"아……."

부옥령은 아연실색한 표정을 지었다.

하지만 훈용강 등은 이해하지 못한다는 표정이다.

부옥령은 방금 진검룡이 말한 이(二)의 가능성에 대해서는 추호도 생각하지 않았다.

하지만 그의 말을 듣고 보니까 동방장천이 이 근처에 남아 있을 가능성을 배제할 수가 없다.

第百二十八章

추격전

'이런 밥통……!'

부옥령은 내심 스스로를 꾸짖었다.

똑똑한 척은 혼자 다 하면서 그렇게 중요한 것을 빠뜨렸기 때문이다.

십 중에서 나머지 가능성 이(二)가 생각하면 할수록 비중이 점점 커져만 갔다.

'어째서 그런 생각을 못 한 것인가?'

독고장천이 조양문으로 달려가는 것과 검황천문으로 돌아가는 것보다 여기에 남아서 진검룡 등을 기다리고 있을 확률이 훨씬 더 높았다.

진검룡은 그럴 가능성이 이(二)라고 했는데 부옥령이 봤을 때는 최소한 오(五)는 되는 것 같다.

벽력탄에는 특유의 냄새가 있어서 아무리 꼭꼭 싸매도 벽력탄 냄새를 완전히 감추기는 어렵다.

그런데 횡항둔소 전각들에 벽력탄을 매설하는 기척을 동방장천과 금혈마황 같은 절대고수가 모르고 있었다는 것은 말이 되지 않는다.

어째서 그들이 모를 것이라고 생각하여 태연하게 벽력탄을 매설했던 것인지 이제 생각하면 한심하다.

'만약 우리가 벽력탄을 매설하는 것을 그들이 눈치를 챘다면 어떻게 했을까?'

부옥령은 자신이라면 어떻게 했을지 가정해 보았다.

횡항둔소가 가장 잘 보이는 어딘가에 숨어서 지켜보다가 급습을 가할 것이다.

그게 최선이다. 그런데 어찌 된 일인지 아직 급습을 해오지 않았다.

부옥령은 극도로 긴장한 표정을 지으며 진검룡과 민수림에게 전음을 보냈다.

[주군, 놈들의 급습에 대비해야겠어요.]

진검룡은 의아한 표정을 지었다.

"무슨 급습?"

부옥령은 진검룡이 육성으로 말하자 움찔 놀라서 급히 손으로 그의 입을 막고는 주위를 두리번거렸다.

[주군, 육성으로 말하지 마세요. 놈들이 이 근처에 있을지도 모른다고요.]

부옥령이 너무 세게 입을 틀어막은 바람에 진검룡은 입이 아프고 답답해서 도리질을 했지만 그녀는 주위를 경계하느라 신경도 쓰지 않았다.

진검룡은 부옥령의 엉덩이를 때렸다.

찰싹!

"아……."

부옥령이 깜짝 놀라서 손을 떼자 진검룡은 입을 쓰다듬으면서 그녀를 나무랐다.

"급습은 없을 테니까 호들갑 떨지 마라."

부옥령은 어이없는 표정을 지었다.

"어째서 그렇게 생각하시죠?"

진검룡은 민수림에게 물었다.

"수림은 어떻게 생각하십니까?"

민수림은 생각할 것도 없다는 듯이 대답했다.

"그자는 검황천문으로 돌아가는 중일 거예요."

부옥령은 천재적인 두뇌의 소유자인 민수림까지 그렇게 말하자 머릿속이 마구 헝클어졌다.

그녀는 눈을 깜빡거리면서 냉정하려고 애썼다. 총명하기로 치면 민수림만큼은 아니더라도 군계일학이라는 명성을 날렸던 그녀였기에 방금 민수림이 한 말에 대해서 곰곰이 궁리를 해보니까 어떤 단서가 드러났다.

그녀는 머릿속에 한 줄기 빛이 비치는 것을 느꼈다.

"설마 백중지세(伯仲之勢)였나요?"

훈용강과 현수란 등은 오 대 삼이니 나머지 이(二)가 무엇인지에 대해서 이제야 겨우 적응을 하려는데 갑자기 진검룡이 급습 같은 것은 없다고 단언하니까 혼란스러워졌다.

그런데다가 방금 부옥령이 밑도 끝도 없이 '백중지세'라고 말하자 머릿속이 흙탕물처럼 돼버려서 이해하려는 것을 포기하고 말았다.

부옥령의 말에 진검룡은 고개를 끄떡였다.

"그런 것 같아."

민수림은 차분하게 설명했다.

"그자들은 우리를 공격하려는 것이 아니라 자신들의 안전을 위해서 횡항둔소의 세력을 보강했던 것 같아요."

민수림의 말을 듣고 훈용강 등은 조금씩 이해가 되는 표정을 지었다.

진검룡은 횡항둔소를 가리키면서 훈용강 등에게 명령했다.

"가서 살펴 보고 오게."

"알았습니다."

훈용강은 턱짓으로 손록과 현수란, 태동화를 가리키고 나서 몸을 날렸다.

*　　　*　　　*

일 각 후에 훈용강 등이 돌아와 피투성이의 장한 한 명을 데리고 왔다.

"살아 있는 자들은 다 도망쳐 버리고 이자 혼자 쓰러져 있었습니다."

이백 관의 벽력탄이 횡항둔소를 콩가루로 만들었지만 그 와중에도 외곽에 있던 몇 사람은 생존하여 도망칠 수 있었고 중상을 입어서 움직이지 못하는 한 명만 쓰러져 있었던 것이다.

"혈도를 제압해 놨습니다."

머리가 깨지고 복부가 터져서 내장을 줄줄 흘리고 있는 장한은 온몸을 부들부들 떨면서 바닥에 늘어졌는데 눈은 이미 초점이 풀려 있었다.

쓰러져 있는 장한 주위에 잠깐 사이 그가 흘린 피가 흥건하게 고였다.

누가 봐도 일 각 안에 죽을 것 같은 사람을 훈용강이 데려온 것이다.

그렇지만 진검룡은 그를 나무라지 않았다. 그가 장한을 데리고 온 이유를 짐작하기 때문이다.

훈용강은 횡항둔소 어느 마당에서 몸부림치며 다 죽어가고 있는 장한을 발견하고는 진검룡이 그를 치료해서 살려 주라고 데려온 것이다.

벽력탄으로 횡항둔소를 날려 버린 이유는 동방장천 등에게 치명타를 주려는 의도였지 주변의 죄 없는 사람까지 죽이거나 다치게 하려는 의도는 아니었다.

예전 같으면 상상도 하지 못할 일을 훈용강이 하고 있었다.

예전의 그는 죄 없는 사람까지 마구잡이로 죽였던 살인마와 다를 바가 없었다.

진검룡이 바닥에 한쪽 무릎을 꿇고 앉자 죽어가는 장한은 초점 없는 눈으로 그를 보면서 헐떡거렸다.

"흐으으… 나… 나는… 죽기 싫… 습니다… 제발… 날 좀… 살려주십시… 오……."

죽어가는 사람의 머릿속에는 오로지 하나의 생각밖에는 들어 있지 않다.

살아야겠다는 것이다. 그러면서 숨이 끊어질 때까지 그 짧은 시간 동안 자신이 얼마나 인생을 허무하고 부질없이 살아왔는지 깨닫게 된다.

장한은 말할 때마다 꾸역꾸역 핏덩이를 토해내면서도 삶의 끈을 놓으려고 하지 않았다.

"끄으으… 제발… 제… 발……."

진검룡은 가장 심해 보이는 그의 복부에 손을 뻗어 옷을 찢어내고 밖으로 흘러나온 내장을 조심스럽게 가지런히 안으로 차곡차곡 넣어주었다.

훈용강 등은 진검룡이 치료하는 광경을 이렇게 가까이에서 본 적이 드물기에 긴장한 표정으로 지켜보았다.

장한은 의식을 잃어가고 있어서 진검룡이 무엇을 하는지 알지 못했다.

진검룡의 두 손은 금세 피투성이가 됐지만 그는 개의치 않고 장한을 치료했다.

일단 내장을 다 밀어 넣은 후에 갈라진 상처에 두 손을 덮고 순정기를 주입했다.

츠으으…….

*　　　*　　　*

열 호흡쯤이 지난 후에 진검룡은 장한에게서 손을 떼고 일어섰다.

장한의 몸은 피투성이지만 가장 큰 상처인 머리와 복부가 말끔하게 치료됐으며 그 밖에 자잘한 상처들까지 긁힌 자국조차 없이 치료가 되었다.

진검룡이 상체를 일으켜서 옆의 나무에 기대게 해주자 장한이 눈을 떴다.

"아……."

그는 눈을 껌뻑거리면서 눈앞의 진검룡과 사람들을 둘러보는데 얼굴에는 의아한 표정이 떠올라 있었다.

그의 조금 전 마지막 기억은 처절한 고통 속에서 죽어가고 있는 상황이었다.

그런데 어떻게 된 일인지 지금은 처절한 고통은커녕 꼬집힌 느낌조차 없다.

현수란이 그를 굽어보며 담담하게 말했다.

"주군께서 널 치료하셨다."

"……."

그래도 장한은 영문을 모르겠다는 표정이다. 그가 익히 알고 있는 치료와 지금 자신이 느끼는 치료가 너무나도 다르기 때문이다.

그는 무인이기에 수없이 다쳐봤었고 그래서 수없이 의원 신세를 졌었다.

그래서 어디 살짝 베인 상처라고 해도 다 아물어서 고통이 느껴지지 않으려면 족히 보름 이상 치료를 하고 시일이 지나야 한다는 것을 잘 알고 있다.

그런데 지금은 전혀 고통이 느껴지지 않았다. 아니, 최상의 진기인 순정기가 주입됐기 때문에 그는 중상을 입기 전보다 더 좋은 몸 상태가 됐다.

"일어나라."

진검룡이 조용히 말하자 장한은 의아한 표정을 지었다. 어떻게 내가 일어서느냐는 표정이다.

그러자 현수란이 접인신공을 일으켜서 장한의 몸을 끌어당겨 일으켜 주었다.

"으… 어어……."

장한은 화들짝 놀라서 두 팔을 마구 휘둘렀다.

그러나 잠시 후에 자신이 버젓이 서 있는 것을 보고는 어리둥절해졌다.

"으으… 이게 도대체 어떻게……."

현수란이 꾸짖듯이 말했다.

"내가 말했잖느냐? 주군께서 널 치료해서 깨끗하게 완치시켜 주셨다."

장한은 자신의 몸을 이리저리 살펴보고 또 움직여 보고서야 현수란의 말이 사실이라는 것을 깨달았다.

장한은 자신의 몸이 중상을 당하기 전보다 훨씬 더 좋아졌다는 사실을 깨닫고는 혼절할 정도로 놀랐다.

그래서 그는 묻는 말에 한 치의 거짓도 없이 술술 다 대답해 주었다.

장한의 말에 의하면 그는 검황천문 탐라부 휘하 남창지부 소속이라고 했다.

어젯밤에 동방장천과 금혈마황이 중상을 입은 몸으로 횡항둔소에 와서 치료를 했으며, 그 이후 동방장천의 적전제자인 태공자와 태소저들이 도착했었다.

적전제자는 남녀 합해서 다섯 명이며 그들이 이끌고 온 삼십 명의 군림고수(君臨高手)들이 횡항둔소 안팎을 물샐틈없이 경계하고 있었다.

그러는 한편 태공자와 태소저들은 횡항둔소 곳곳에 은신하여 급습에 대비했다.

그러다가 축시(丑時:새벽 2시경) 무렵에 동방장천을 비롯한 전원이 횡한둔소를 떠났다는 것이다.

"어디로 갔느냐?"

대답을 기대하지 않고 훈용강이 물었다.

장한 탐라고수는 공손히 대답했다.

"정확하게는 모르지만 아마 본문으로 돌아가셨을 겁니다. 그런 분위기였습니다."

훈용강은 진검룡과 부옥령을 보았다.

"더 하문하실 것이 계십니까?"

부옥령이 가라앉은 목소리로 물었다.

"그들은 우릴 공격할 계획이었느냐?"

탐라고수는 조심스러운 표정을 지으면서 진검룡과 부옥령 등을 살펴보았다.

"실례지만… 영웅문 영웅삼신수 일행이십니까?"

"그렇다."

부옥령은 자신이 진검룡, 민수림과 한데 어울려서 영웅삼신수라고 불리는 것이 정말 자랑스러웠다.

탐라고수는 이들이 영웅문 문주 일행일 것이라고 짐작하고 있었는데 막상 사실로 드러나자 더욱 조심했다.

"아닙니다. 태문주들께서 치료를 하시는 동안 습격을 당할까 봐 태공자, 태소저, 군림고수들이 절진을 형성한 채 대비하고 있었던 것입니다."

부옥령이 다시 물었다.

"군림고수란 군림각 고수들이냐?"

"그렇습니다."

검황천문에는 최고 등급의 조직인 이각이 있으며 그 둘을 사천각과 군림각이라 했다.

부옥령은 혹시 하는 심정으로 물었다.

"태공자와 태소저들은 대화강력을 아느냐?"

예상했던 대로 탐라고수는 애매한 표정을 지었다.

"대화강력이 무엇인지 모릅니다."

"태공자와 태소저 다섯 명, 그리고 군림고수 삼십 명으로 우리를 상대할 수 있다고 여겼느냐?"

"태문주와 태상문주께서도 치료를 끝내고 운공조식을 하고 계셨는데 들리는 말에 의하면 양패공상을 각오하신다는 것 같았습니다."

"양패공상……."

부옥령은 얼굴을 찌푸렸고 훈용강 등은 움찔 충격을 받은 표정을 지었다.

양패공상은 말 그대로 어느 쪽도 승리하지 못하고 양쪽 다 패한다는 뜻이다.

싸움에서 패하는 것은 죽거나 무기력하게 되는 것을 말한다.

영웅문에서 영웅삼신수를 비롯한 어느 정도의 초극고수들이 올 것이라는 사실을 예상하면서도 양패공상 운운했다면 저쪽도 만만치 않았을 것이다.

그 얘기는 군림고수 삼십 명도 대화강력을 연성했을 것이라는 뜻이다.

*　　　　　*　　　　　*

부옥령은 얼굴을 찌푸리며 중얼거렸다.

"동방장천 그놈이 대화강력을 개나 소나 다 가르치고 있어요. 이러다간 무림이 엉망진창 되겠어요."

대화강력은 마공이나 다름이 없어 무림에서 금기하는 무공이었다.

그것을 동방장천 자신이 연마한 것으로도 모자라서 적전제자들과 군림고수들에게까지 가르쳤다면 그야말로 엄청난 사건이다.

그때 진검룡이 탐라고수에게 조용히 말했다.

"너, 이름이 뭐냐?"

탐라고수는 흠칫 했다가 공손히 대답했다.

"진청하(津淸河)입니다."

이름이 '청하' 즉, 맑은 물이라고 하자 다들 뜻밖이라는 표정으로 탐라고수 진청하를 쳐다보았다.

그렇지만 사람들은 진청하가 진검룡과 같은 진씨 성이라는 사실은 관심을 갖지 않았다. 진검룡과 진청하가 워낙 격이 다른 신분이기 때문이다.

진검룡이 조용히 물었다.

"진청하, 너 태문주가 지금쯤 어디에 있는지 알아볼 수 있겠느냐?"

진검룡의 뜬금없는 말에 부옥령과 훈용강 등은 적잖이 놀라서 그를 쳐다보았다.

그러나 당사자인 탐라고수는 진검룡이 자신의 이름을 불러서 더 놀랐다.

현재 절강성의 절대자이며 강서성까지 장악하고 있는 떠오르는 태양 전광신수가 다 죽어가는 검황천문의 일개고수를 살려 주고 친절하게 이름까지 부르자 진청하는 감동이 파도처럼 온몸을 휩쓸었다.

"아아… 뭐라고 하문하셨습니까?"

그 바람에 진청하는 진검룡이 묻는 말을 제대로 듣지 못하고 다시 물었다.

사람들은 진청하가 크게 감격해서 정신이 반쯤 나갔다는 사실을 알고 빙그레 미소를 지었다.

진청하는 허둥거렸다.

“아아… 잠시만 기다려 주시겠습니까……?”

그는 어떻게 하든지 정신을 수습해서 진검룡의 물음에 대답하려고 했으나 쉽지 않았다.

진검룡은 서두르지 않고 기다려 주었다.

열 호흡쯤 지나자 진청하는 겨우 진정을 하고 진검룡에게 공손히 말했다.

“알아보는데 약 한 시진쯤 걸릴 것 같습니다. 그래도 괜찮겠습니까?”

진검룡은 고개를 끄떡였다.

“기다리마.”

“제… 제가 쉬실 만한 곳으로 안내하겠습니다.”

“어… 그래. 가자.”

진청하는 허리를 굽혔다.

“저를 따라오십시오.”

진청하는 지옥에 갔다가 건져져서 새 삶을 다시 찾은 사람 같았다.

사람들은, 그리고 진청하 자신까지도 이 정도의 상황이 되고서도 진검룡에게 감읍(感泣)하지 않는다면 그게 오히려 이상하다고 생각했다.

즉, 진청하가 모든 것을 다 버리고 진검룡에게 굴신(屈身)하는 것을 자연스럽게 받아들인다는 뜻이다.

부옥령이 진청하에게 확인했다.

"우리가 다 쉴 곳이 있느냐?"

"있을 겁니다."

"있을 겁니다? 있는 것이 아니라 있을 거라는 얘기냐?"

진청하는 송구한 표정을 지었다.

"저의 형님께서 주루를 운영하고 계십니다. 이른 시각이지만 형님을 깨우면 식사하시는 것도 가능할 겁니다."

진검룡을 비롯한 모두의 얼굴에 화색이 돌았다. 밤새 이리저리 쏘다니느라 피곤하기도 하지만 어제 점심 이후로 아무것도 먹지 않았기 때문이다.

"가자. 앞장서라."

진검룡의 말에 진청하는 한 번 뒤돌아보더니 저만치 골목을 향해 내달리기 시작했다.

그 뒤를 진검룡과 민수림, 부옥령 등이 물 흐르듯이 유유히 따랐다.

골목에서 대로로 나온 진청하는 자신의 뒤에서 아무 기척도 느껴지지 않자 의아한 표정으로 뒤돌아보다가 화들짝 놀라고 말았다.

진검룡 등이 진청하 뒤쪽 일 장 거리에서 추호의 기척도 내보이지 않으며 허공에 뜬 채 따라오고 있는 것을 발견했기 때문이었다.

진검룡이 진청하에게 다가가서 한 팔로 그의 어깨를 가볍게 잡았다.

"너는 너무 느리구나. 내가 도와줄 테니 길을 안내해라."

"아……."

진청하가 깜짝 놀랐을 때 그들은 이미 십여 장이나 쏘아가고 있었다.

"아아……."

진청하의 입에서 자신도 모르게 탄성이 샘물처럼 줄줄 흘러나왔다.

진검룡이 그의 어깨를 살짝 잡고 있는데 힘을 주고 있는 것 같지도 않으며 어깨가 전혀 아프지 않았다.

더구나 진검룡은 물론이고 진청하까지도 옷자락이 펄럭이지 않고 미끄러지듯이 나아가고 있다.

진청하가 슬쩍 보니까 진검룡은 지상에서 일 장 높이에 뜬 상태에서 무릎을 전혀 굽히지도 않은 채 우뚝 선 자세로 나아가고 있다.

그런데도 진청하가 전력으로 경공술을 전개할 때보다 최소한 세 배 이상 빠른 것 같았다.

진청하는 진검룡을 보다가 문득 그 건너편에서 자신을 바라보고 있는 민수림을 발견했다.

"……!"

진청하는 절대로 인간 같지 않은 성스러운 아름다움의 결정체인 민수림을 보고는 그대로 얼어붙었다.

지금 이 순간 진청하는 자신이 보고 있는 그 무엇이 인간이라는 생각이 들지 않았다.

왜냐하면 인간을 어버이로 둔 인간의 자식이 저토록 아름다울 수가 없기 때문이다.

진검룡은 완전히 얼빠진 모습의 진청하를 보며 빙그레 미소 지었다.

“누군지 알겠느냐?”

“누구신지…….”

진검룡은 헤벌쭉 웃었다.

“내 마누라다. 으헤헤……!”

진검룡은 감히 말도 되지 않는 말을 해버렸다. 그러고는 그게 어색해서 바보처럼 웃었다.

하지만 민수림이 화가 나서 자신을 노려볼 것 같아서 그녀 쪽으로는 얼굴을 돌리지도 못했다.

민수림의 미모 때문에 정신이 나간 진청하는 진검룡이 바보처럼 웃는 것을 듣지도 보지도 못했다.

잠시 시간이 지나고 나서야 진청하는 민수림이 영웅삼신수의 한 사람인 철옥신수라는 사실을 알아차렸다.

‘아아… 세상천지에 저토록 아름다운 여인은 단 한 명도 없을 것이다…….’

전방을 보면서 마치 선녀처럼 유유히 나아가고 있는 민수림의 옆모습을 바라보는 진청하의 얼굴에 더할 수 없는 감탄이 가득 떠올랐다.

진청하는 마치 눈이 멀어버릴 것 같은 착각을 느끼면서 이후 인류가 끝날 때까지라도 저와 같은 미인은 결코 출현하지 않을 것이라고 장담했다.

민수림은 가만히 두 손을 뻗어 진검룡의 팔을 자신의 가슴에 안았다.

'아흑!'

민수림의 몽실몽실하고 풍만한 가슴과 부드러운 두 팔의 감촉이 온몸으로 전해지자 진검룡은 속으로 자지러지는 비명을 터뜨리고 말았다.

진검룡은 기분이 날아갈 것만 같았다. 조금 전에 진청하에게 민수림이 자신의 마누라라고 말도 되지 않는 시건방을 떨었는데 그녀가 응징을 하기는커녕 오히려 그의 팔에 가슴을 묻고 매달리자 하늘을 날 것만 같은 기분이다.

그때 진청하의 옆에서 누군가의 나직하고 달콤한 전음이 들려왔다.

[나는 둘째 마누라다.]

"……?!"

진청하는 자신의 오른쪽에서 나란히 달리고 있는 부옥령을 보고 경악과 의아함을 동시에 느꼈다.

경악은 민수림 같은 천하절색 인구멸절 미인이 또 있다는 사실 때문이고, 의아함은 그녀가 자신을 밑도 끝도 없이 '둘째 마누라'라고 말했기 때문이다.

총명한 부옥령이 진청하의 내심을 모를 리가 없다.

그녀는 진검룡을 눈으로 슬쩍 가리키며 다시 전음했다.

[저쪽 철옥신수가 본부인이고 나는 이부인이라는 얘기다. 알아듣느냐?]

너무도 경황이 없어서 진청하는 '그런 얘기를 왜 나한테 하는 거죠?'라는 의문조차도 들지 않았다.

"아… 네……."

진청하가 육성으로 더듬거리면서 대답하자 부옥령은 보란 듯이 진청하의 팔을 잡아서 진검룡에게서 떼어내 자신이 그의 어깨를 잡았다.

그러고는 한쪽 팔로 진검룡의 팔을 가슴에 폭 안았다.

진청하는 아무 말도 하지 못하고 그저 망연히 부옥령을 바라볼 뿐이다.

진청하는 이후로도 죽을 때까지 진검룡이 어째서 자신에게 본부인을 소개했으며 또 부옥령이 자신을 진검룡의 둘째 마누라라고 소개한 것인지 이유를 알지 못했다.

*　　　*　　　*

진검룡 일행은 오래 기다리지 않았다. 진청하가 주루 안으로 들어가서 사분지 일 각쯤 지나자 주루 안에 인기척이 나고 불이 켜지더니 문이 활짝 열렸다.

문을 열고 나온 사람은 진청하다.

그는 골목에 늘어서 있는 진검룡을 비롯한 열 명에게 공손히 허리를 굽혔다.

"누추하지만 들어오십시오."

주루는 대로에서 골목으로 오 장쯤 들어와서 위치했기에 지금 같은 이른 새벽에는 사람들의 왕래가 전혀 없다.

진청하가 그렇게 말하지 않았더라도 주루는 누추하고 모든 것들이 매우 낡아서 한눈에도 최하층민들이 즐겨 찾는 주루라는 사실을 직감할 수가 있었다.

단층인 주루 내부에는 세 개의 탁자가 있어서 진검룡 일행 열 명이 앉았더니 빼곡했다.

"저희 큰형님이십니다."

진청하가 나란히 서 있는 잠에서 막 깬 듯한 사십 대 부부를 소개했다.

초라한 행색의 부부가 굽실 허리를 굽혔다.

"아이구… 소인은 진운하(津運河)입니다요……."

진청하가 진운하 부부를 주방으로 몰고 들어갔다.

"혀… 형님. 어서 귀인들께서 드실 요리를 만드십시오……."

"아… 알았다."

진운하 부부와 진청하가 주춤거리면서 주방으로 들어간 후에 그들의 대화가 들렸다. 아니, 진운하 부인이 작은 소리로 속삭이는 소리였다.

"청숙(清叔). 요리를 하려고 해도 재료가 없어요."

진운하 부인 즉, 형수가 남편의 남동생인 진청하를 청숙이라고 부르는 것 같았다.

진청하는 난감했다. 재료를 사 와야 하는데 그에겐 가진 돈이 없고 형 부부의 주머니 사정도 뻔해서 돈이 없을 것이라는 걸 잘 알고 있다.

그때 주방으로 현수란이 들어오면서 말했다.

"요리 재료를 살 곳은 있나요?"

세 사람은 화들짝 놀랐다가 진청하가 겨우 대답했다.

"시장에 이른 새벽부터 문을 여는 청과어물점이 있습니다요. 그런데……."

그는 말을 잇지 못하고 전전긍긍했다.

현수란은 품속에서 돈주머니를 꺼내 되는 대로 한 주먹 집어서 내밀었다.

"이것으로 장을 봐 오도록 해요."

그녀의 희고 섬세한 손바닥 위에는 은자 이십여 개가 수북하게 놓여 있었다.

진청하 등은 혼비백산하여 졸도할 것처럼 놀랐다.

"아아… 너무 많습니다……."

현수란은 아름다운 미소를 지으면서 진운하 부인의 손바닥을 벌리게 하고 거기에 은자를 올려주었다.

"받아요. 식사 후에 밥값은 따로 낼 테니까 맛있는 요리를 부탁해요."

"아아……."

뒤돌아서 나가는 현수란을 바라보는 진운하 부부의 얼굴에는 꿈을 꾸는 듯한 표정이 가득 떠올랐다.

진운하 부부는 진청하를 보면서 이걸 받아도 되느냐는 표정을 지었다.

진청하는 빙그레 미소 지으며 고개를 끄떡였다.

"형수님은 어서 장을 봐 오시고 형님은 화덕에 불을 피우세요. 저는 따로 볼일이 좀 있습니다."

"물을 길어 와야 하는데……."

그때 주방으로 십칠팔 세 귀여운 소녀가 들어오더니 물을 길어 오는 나무통을 집어 들었다.

"아버지, 물은 제가 길어 올게요."

"오… 그래라."

진청하는 자신이 없는 동안 진검룡 일행을 잘 모시라고 진운하에게 누누이 말하고는 부리나케 밖으로 나갔다.

주루 실내에서 일행은 세 개의 탁자를 길게 붙이고 거기에 열 명이 둘러앉았다.

부옥령이 진지한 얼굴로 진검룡에게 물었다.
"주군, 동방장천을 추격하려는 건가요?"
진검룡이 진청하에게 동방장천이 어디에 있는지 알아보라고 했기 때문이다.

第百二十九章

진씨일족(津氏一族)

진검룡은 민수림의 잔에 김이 펄펄 나는 뜨거운 차를 따르면서 말했다.

"기회가 되면 끝장을 봐야지."

그의 말에 민수림은 물론이고 부옥령을 비롯한 일행은 아무 말도 하지 않았다.

세상의 어떤 일이라도 만장일치라는 것은 없으며 언제나 반대라는 것은 존재하게 마련이다.

두 명만 되도 반대 의견이 나올 수 있고 세 명이 되면 의견을 하나로 모으는 것이 어려워진다.

그런데 여기에 있는 사람은 열 명이나 되면서도 매사에 반대하는 의견이 거의 없는 편이다.

진검룡이나 부옥령이 무섭기 때문에 반대하지 않는 것이 아니다.

이들 모두는 그동안 진검룡을 그림자처럼 보필하면서 그를 배우려고 부단히 노력했다.

그 결과 이들 측근들은 지금은 웬만한 사고방식이 거의 진검룡화 돼버렸기에 진검룡이 어떤 결정을 내리면 그것에 대해서 충분히 이해를 하기에 반대할 일이 없는 것이다.

또한 이들은 진청하가 이곳에 자신들을 데려다 놓고 안심시켜 놓고는 동방장천을 부르러 간 것이 아닌지에 대해서 추호도 의심하지 않았다.

진검룡이나 민수림이 아예 사람을 의심할 줄 모르니까 측근들도 닮아버린 것이다.

또한 진청하가 어디로 봐도 배신을 할 것 같지 않았기에 믿는 것이다.

*　　　　*　　　　*

요리는 반 시진쯤 지난 후에 나오기 시작했으며 그때까지도 진청하는 돌아오지 않았다.

요리는 진운하와 그의 딸 진취아(津翠雅)가 부지런히 주방과 탁자를 오가면서 날랐다.

그런데 진취하가 한쪽 발을 심하게 절어서 걸음걸이가 매우 위태로웠다.

그 바람에 두 손에 들고 있는 요리 그릇이 좌우로 심하게 흔들리는데 자칫하면 요리를 쏟거나 심하면 엎지를 수도 있을 것 같았다.

진검룡 일행이 열 명이라서 요리 그릇이 수십 개가 되다 보니까 진취하에 이어서 아버지, 어머니가 모두 요리 그릇을 들고 주방과 주루 실내를 오가느라 부산했다.

그런데 진취하만 문제가 있는 것이 아니었다. 모친은 허리가 심하게 굽어서 마치 바닥을 기어 다니는 것 같아서 보기에도 안쓰러웠다.

그런데도 현수란과 청랑, 은조, 옥소는 의자에 앉은 채 멀뚱멀뚱 보고만 있었다.

보다 못한 태동화가 일어나더니 막 주방에서 나오고 있는 모친에게 달려갔다.

"이리 주시오."

"아……."

진검룡 일행은 다들 쟁쟁한 무림고수다 보니까 자상하고 타인을 배려하는 면이 많이 부족했다.

"어……."

태동화의 행동을 보더니 이번에는 훈용강과 손록이 엉거주춤 일어섰다.

그때 부옥령이 청랑과 은조, 옥소를 턱으로 쓸듯이 가리키며 명령했다.

"너희 셋, 가서 도와라."

"네?"

"저희가 무엇을……."

태동화가 달려 나가고 훈용강과 손록까지 요리를 나르러 가는 걸 보면서도 세 여자는 버젓이 앉은 채 자신들이 어째야 하는지도 모르고 있다.

더구나 부옥령이 나가서 도우라고 명령을 하는데도 뭘 도우라는 건지도 알지 못했다.

그도 그럴 것이 이곳에 있는 여자들은 태어나서 이제껏 단 한 번도 여성스러운 일을 해본 적이 없기 때문이다.

그것은 민수림이나 부옥령도 마찬가지다. 그녀들은 사람이나 죽이고 아랫사람들에게 명령이나 할 줄 알았지 여자다운 면은 전혀 없다.

부옥령은 눈을 치뜨고 태동화와 훈용강, 손록을 가리켰다.

"저걸 보고서도 모르겠느냐?"

청랑이 어이없는 표정으로 되물었다.

"저걸 우리더러 하라는 건가요?"

"그럼 너희들은 영웅장로들이 하는 것을 그냥 앉아서 보고만 있겠다는 것이냐?"

하지 않으면 불호령이 떨어질 것 같아서 세 여자는 뭉그적거리면서 일어섰다.

주방 쪽으로 느릿느릿 걸어가는 세 여자의 얼굴은 못마땅함으로 찌푸려져 있었다.

그런 그녀들의 귀에 부옥령의 목소리가 들렸다.

"주군, 안 되겠어요. 쟤네 세 명 본문의 총무전에 배속시켜서 주방 일을 하도록 해야겠어요."

"그러려무나."

느긋한 진검룡의 목소리까지 들리자 세 여자는 더 이상 어기적거릴 수가 없게 됐다.

그녀들은 다급하게 달려가서 태동화와 훈용강, 손록에게서 요리 그릇을 강제로 뺏었다.

"이리 주세요."

"세 분은 자리에 가서 앉으세요."

태동화와 훈용강, 손록은 세 여자에게 떠밀려 제자리로 돌아와서 앉았다.

진검룡 등은 매우 허기가 졌었기 때문에 요리 그릇에 코를 박은 채 맛있게 식사를 시작했다.

청랑이 진취하를 불러서 시켰다.

"술 가져와라."

"무슨 술로……."

진취하는 쭈뼛거리면서 말끝을 흐렸다.

"무슨 술이 있느냐?"

"저희 주루에는……."

청랑의 물음에 진취하가 대답하려는데 민수림이 조용한 목소리로 말했다.

"혹시 초강주(醋糠酒) 있나요?"

진취하는 목소리가 들린 곳을 쳐다보다가 민수림을 발견하고는 소스라치게 놀라는 표정을 지었다.

"아……."

진취하는 민수림의 처절하도록 아름다운 미모를 보고는 선 채로 눈을 뜨고 정신을 잃었다.

부옥령이 미소를 지으면서 진취하의 어깨를 다독거렸다.

"초강주가 있느냐고 물었다."

진취하는 부옥령을 쳐다보다가 다시 한번 기함을 하도록 놀랐다.

"아아……."

민수림만큼 아름다운 여자가 한 명 더 있으며 그녀가 자신의 어깨를 다독이고 있기 때문이다.

결국 청랑이 직접 주방으로 가서 진운하 부부에게 물어보고서야 초강주를 가져왔다.

"주모, 초강주가 있습니다."

청랑은 민수림이 얼마나 초강주를 좋아하는지 알기 때문에 노래하듯이 외치면서 달려오며 손에 쥐고 있는 술병을 흔들어 보였다.

"그래? 어서 가져와라."

민수림은 술병을 받아서 제일 먼저 진검룡에게 한 잔 가득 부어주었다.

"어서 들어요, 검룡."

"같이 듭시다."

진검룡은 민수림에게서 술병을 받아 그녀의 잔에 넘치도록 따라주었다.

챙!

두 사람은 잔을 부딪치고 나서 단숨에 한 잔을 비웠다.

"아……."

민수림의 얼굴에 뭐라고 설명할 수 없는 만족함과 행복이 가득 떠올랐다.

이 순간의 그녀는 자신이 이대로 기억을 되찾지 못해도 상관이 없다고 생각했다.

사랑하는 진검룡 곁에서 지금 같은 소소한 행복을 누리면서 살면 되지 않겠느냐는 생각이다.

*　　　*　　　*

날이 훤하게 밝고 나서야 진청하가 한 시진 반 만에 주루로 돌아왔다.

그는 얼마나 여기저기 뛰어다녔는지 한 시진 반 만에 얼굴이 몹시 초췌해진 모습이다.

그는 진검룡 앞에 서서 자신이 알아온 것을 공손히 보고했다.

"알아본 결과 태문주는 현재 배를 타고 본문으로 향하고 있는 것으로 확인됐습니다."

"그래?"

"네 시진 전에 횡항 포구에서 전용선을 타고 출발하여 현재 파양호에서 북상하고 있답니다."

파양호는 북쪽에서 장강과 연결되어 있으며 배가 장강에 들어서 하류로 백오십여 리를 내려가면 검황천문이 있는 남경에 당도한다.

파양호는 바다처럼 드넓은 데다 수만 척의 크고 작은 배들이 운항되고 있기 때문에 거기에서 동방장천 일행이 탄 배를 찾는다는 것은 불가능에 가깝다.

진검룡이나 부옥령 등은 진청하에게 네가 알아 온 정보가 사실이냐고 묻지 않았다.

그 대신 진검룡이 자신의 맞은편 자리를 가리켰다.

"애썼다. 이제 앉아서 식사해라."

"아… 아닙니다."

진청하는 화들짝 놀라서 손을 마구 저었다.

"저는 식구들과 따로 내실에서 먹겠습니다."

주루에는 뒷문이 있는데 그곳으로 나가면 진운하 가족이 사는 내실 즉, 안채가 있다.

진검룡이 생각해도 진청하가 가족끼리 먹어야 편할 것 같아서 고개를 끄떡였다.

"그럼 그렇게 해라."

진청하가 예를 취하고 물러가자 진검룡은 은조를 건너편 자리에 불러서 앉게 했다.

"나를 봐라."

죽었다가 살아난 은조가 미래를 예시(豫示)하는 신령안을 지니게 됐기에 그녀의 눈 깊은 곳을 보려는 것이다.

은조는 눈을 크게 뜨고 진검룡을 똑바로 바라보고, 진검룡은 심안으로 그녀의 눈 속을 들여다보았다.

잠시 동안 은조의 눈 속을 들여다봤지만 아까 같은 불길한 예시는 보이지 않았다.

진청하 말대로 동방장천 일행이 배를 타고 멀어지는 중이라면 진검룡에게 불길한 일은 생기지 않을 것이다.

그래서 진검룡이 심안을 거두려는데 어느 한쪽에서 기묘한 기척이 감지됐다.

'뭐지?'

그는 기척이 감지되는 곳으로 심안을 내려보냈다.

아니, 두 곳이라서 심안을 두 개로 나누어 하나는 올려 보내고 하나는 내려보냈다.

가까이 다가가자 위의 것과 아래 것, 둘 다 은은한 붉은색을 발하고 있었다.

그런데 불길함은 아니다. 심안이 그것에 점점 가까이 다가갈수록 진검룡은 기분이 상쾌하고 따스하며 가슴이 두근거리는 것을 느꼈다.

'아……!'

이윽고 그것에 밀착할 것처럼 가까이 도착한 진검룡은 놀라고 감탄하여 내심으로 탄성을 터뜨렸다.

그것은 온통 붉은빛이 감돌고 있는 몽실몽실한 둥근 구체(具體)였다. 그 구체가 무엇인지 진검룡은 대하는 순간 알아차렸다.

불을 대하면 뜨겁고 얼음이 차가운 것처럼 그것을 대하는 순간 진검룡은 '사랑', 그것도 열렬한 '사랑'인 것을 단숨에 깨달아 버렸다.

위의 것은 은조의 머릿속이고 아래에 있는 것은 그녀의 뜨거운 가슴, 즉, 심장이었다. 머리와 심장에 사랑이 꽉 들어차서 펄펄 끓고 있었다.

그리고 그 사랑이 진검룡 자신에게 향한 것이라는 사실을 깨달았다.

만약 은조가 은밀하게 진검룡을 불러서 그에게 말로 당신을 열렬히 사랑한다고 말했다면 백이면 백 격렬한 거부감이 먼저 들었을 것이다.

그렇지만 진검룡이 심안으로 은조의 머릿속과 심장에 깊숙이 그리고 커다랗게 자리 잡고 있는 사랑의 결정체를 대하자 추호의 거부감이 들지 않았다.

오히려 다정한 친밀감과 감싸주고 싶은 온화함이 느껴졌다.

'사랑해요. 죽도록… 당신을 위해서라면 천만번이라도 죽을 수 있어요.'

은조의 머리와 심장이 그렇게 말했다.

진검룡은 당연히 그녀를 뿌리쳐야 하지만 오히려 그 반대로 그녀를 위로했다.

'그랬었구나. 내가 미처 몰랐구나.'

부옥령은 은조의 눈이 꿈을 꾸듯이 몽롱해지고 얼굴이 붉게 상기된 것을 보았다.

그리고 진검룡의 입가에 부드러운 미소가 머금어진 것을 보고 뭔가 심상치 않음을 감지했다.

하지만 은조의 머리와 심장이 지금 절절한 사랑을 고백하고 있으며, 진검룡이 그것을 위로하고 있으리라고는 추호도 짐작하지 못했다.

진검룡은 심안으로 은조의 머리와 심장을 부드럽게 쓰다듬어 주었다.

'아아…….'

은조는 절정의 쾌감을 느꼈다. 머릿속과 심장에 행복이 가득 차서 그것이 쾌감으로 승화되었다.

처녀인 그녀는 모르지만 아마도 그것은 정사에서 느끼는 절정보다 몇 배나 더 격렬한 것이 분명했다.

*　　　　*　　　　*

진검룡은 진운하의 안채로 향했다.

달랑 방 두 칸 밖에 없는 누추하고 옹색한 안채 내부였다.

“너의 형수와 조카를 좀 봐야겠다.”

진청하는 진검룡이 불쑥 그렇게 말하고 안채로 향하자 어리둥절한 표정으로 뒤따랐다.

그렇다고 해서 무엇 때문에 형수와 조카를 보려는 것이냐고 감히 묻지도 못했다.

진검룡이 누구라는 사실을 뒤늦게 진청하에게 설명을 들은 진운하 가족은 집 밖에 나란히 무릎을 꿇고 부복한 자세로 진검룡을 맞이했다.

진검룡은 황망한 기분이 들었다.

“어서 일어나시오.”

“어찌 감히 그럴 수가 있습니까……?”

진운하는 아예 땅속으로 들어갈 것처럼 더욱 납작하게 몸을 굽혔다.

그러자 부옥령이 손을 뻗어서 무형의 잠력을 일으켜 세 사람을 일으켰다.

"아……."

진운하 가족은 자신들의 의지하고는 전혀 상관없이 저절로 몸이 일으켜지고 두 발로 땅을 딛고 서게 되자 크게 놀라서 허둥거렸다.

다른 사람들은 다들 주루에 있고 진검룡과 민수림, 부옥령만 안채로 왔다.

진검룡이 진운하에게 한 걸음 나서며 말했다.

"부인과 딸을 고쳐주겠소."

"……."

진검룡이 진운하 부인의 심하게 굽은 허리와 딸 진취하의 절뚝거리는 다리를 고쳐주려고 하는 것을 민수림과 부옥령도 알지 못했었다.

진운하 등은 영문을 모르고 어리둥절했다.

허리가 너무 심하게 굽어서 기어 다니는 것 같은 부인과 어렸을 때부터 심하게 저는 딸의 다리를 도대체 어떻게 고친다는 말인가.

그러나 진검룡에 의해서 죽다가 살아난 진청하는 그가 형수와 조카를 고칠 것이라고 철석같이 믿었다.

"고… 맙습니다. 대인……!"

진청하는 진검룡을 부를 마땅한 호칭이 없어서 대인이라고 불렀다.

그는 진운하 등에게 설명했다.

“큰형님, 대인께서 다 죽어가는 저를 치료해서 살려주셨다고 말씀드렸잖습니까?”

“그… 그래.”

“대인께서는 옥황상제님 같은 놀라운 능력을 갖고 계시니까 형수님과 취하를 고쳐주실 겁니다.”

진운하 등은 반신반의하는 표정으로 진청하와 진검룡을 번갈아 쳐다보았다.

진청하는 진검룡에게 조심스럽게 물었다.

“대인, 혹시 반위도 고칠 수 있습니까?”

진검룡은 부옥령을 쳐다보았다. 반위라는 말을 들어본 적이 없기 때문이다.

부옥령이 엷은 미소를 지으며 설명했다.

“암(癌)이에요.”

“아…….”

암은 불치병이다. 걸리면 대명의 황제라고 해도 죽을 수밖에 없다.

그런 사실을 진청하와 진운하 등도 다 알고 있으므로 일말의 기대도 하지 않았다.

부옥령이 물었다.

"어디에 암이 있느냐?"

"의원 말이 큰형님은 위에 반위가 있고 형수님은 자궁에 있다고 합니다."

"둘다 암이냐?"

부옥령은 어이없다는 표정을 지었다.

"네……."

진청하는 절망하는 표정을 지었다.

"의원 말이 두 분 다 일 년을 넘기지 못할 것이라고……."

그러자 갑자기 진취하가 두 손으로 얼굴을 가리고 와락 울음을 터뜨렸다.

"하야… 어서 울음을 그쳐라……!"

진청하와 진운하는 진검룡 앞에서 우는 불경을 저지르는 것이라고 진취하를 나무랐다.

진검룡은 개의치 않고 말했다.

"암을 고쳐본 적은 없지만 일단 해봅시다."

진청하 형수의 굽은 허리와 진취하의 다리를 고쳐주는 게 문제가 아니다.

전설의 명의인 화타와 편작 정도가 돼야지만 고칠 수 있다는 암을 치료해야 하는 것이다.

진검룡은 우선 진취하의 다리부터 치료했다.

"하야, 여기에 누워라."

"삼촌……."

진청하의 말에 십칠 세 순진한 소녀인 진취하는 얼굴이 새빨개졌다.

준수한 진검룡이 보고 있는데 침상에 누우라니까 크게 당황한 것이다.

"죄송합니다, 대인."

진청하는 진취하를 설득해서 침상에 눕히는 것에 진이 다 빠져 버렸다.

"어디 보자."

"아……."

진검룡이 침상으로 가까이 다가가자 진취하는 몸을 잔뜩 웅숭그렸다.

"다리를 펴봐라."

진검룡은 주문하면서 진취하를 보다가 눈을 조금 크게 뜨고 자세히 들여다보았다.

진취하는 앳되고 귀여운 얼굴인데 코 옆과 입 주변에 여러 개의 곰보 자국이 보였다.

"아……."

진취하는 부끄러워서 얼굴을 돌렸다.

"가만히 있어라."

슥…….

"앗!"

진검룡이 침상 가장자리에 앉아서 두 손을 뻗어 진취하의 얼굴을 감싸자 그녀는 소스라치게 놀랐다.

"가만히 있어라. 내가 네 얼굴을 고쳐주마."

"……."

파들파들 떨던 진취하는 진검룡의 말에 몸을 빳빳하게 하고는 가만히 있으려고 애썼다.

진검룡은 순정기를 일으켜서 진취하의 얼굴을 부드럽게 쓰다듬었다.

스스으…….

진취하는 솥뚜껑처럼 커다랗고 투박한 진검룡의 두 손이 자신의 얼굴을 쓰다듬자 숨을 멈춘 채 어쩔 줄 몰랐다.

잠시 후에 진검룡이 손을 떼고 진취하의 얼굴을 보자 곰보 자국이 말끔하게 사라졌다.

"아아… 곰보 자국이 사라졌습니다……!"

진청하는 꿈을 꾸는 듯한 표정으로 노래하듯이 말했다.

"저… 정말인가요, 삼촌?"

진취하는 눈을 커다랗게 뜨고 물었다.

진청하는 목이 부러질 정도로 힘껏 고개를 끄떡였다.

"정말이란다. 얼굴을 만져보면 알 수 있을 게야……! 아아… 정말 믿어지지 않는 일이야……!"

진취하는 자신의 얼굴에 곰보 자국이 있던 자리를 한동안 만져보고는 이윽고 와락 울음을 터뜨렸다.

"으흐흑……! 정말 곰보가 없어졌어요……!"

진취하가 두 손으로 얼굴을 감싸고 울 때 진검룡은 그녀의 굽은 다리를 보았다.

그녀의 왼쪽 다리가 펴지지 않고 무릎이 구부러져 있으며 발목도 꺾인 상태다.

그래서 왼쪽 다리가 짧은 데다가 발의 앞부분 발가락 부위로만 딛고 걸은 탓에 많이 변형이 돼 있는 모습이다.

진검룡은 두 손을 뻗어 그녀의 무릎을 부드럽게 잡고 순정기를 주입하면서 천천히 잡아당겼다.

우두둑…….

"아앗!"

왼쪽 다리에서 뼈마디 부러지는 음향이 나고 이상한 느낌이 들자 진취하는 비명을 질렀다.

스으…….

뚜둑…….

"으앗!"

십칠 년 동안 구부러져 있던 왼쪽 무릎이 쭉 펴지자 진취하는 또다시 비명을 내질렀다.

진검룡은 내친김에 그녀의 발목을 두 손으로 잡고 순정기를 주입하면서 쓰다듬었다.

스으…….

뽀다닥…….

"아악!"

발목이 펴지는 음향은 무릎과 달랐다. 진취하는 또다시 찢어지는 비명을 질렀다.

옆방에 있던 진운하 부부가 딸의 처절한 비명을 듣고 쭈뼛거리면서 들어왔다.

진청하는 얼른 두 사람에게 조용하라고 손짓을 해 보이며 한쪽으로 이끌었다.

뚜가각…….

"아악!"

또다시 뼈 부러지는 소리와 진취하의 비단 폭을 찢는 듯한 비명을 끝으로 치료가 끝났다.

진검룡은 잡고 있던 진취하의 왼발을 오른발 옆에 나란히 내려놓았다.

곧게 나란히 뻗어 있는 그녀의 두 다리가 진청하와 진운하 부부의 시선에 들어왔다.

"아아… 하야……! 네 다리가……."

"고쳐졌습니다……! 무릎이 펴졌어요……!"

진취하는 도저히 믿을 수가 없어 눈물범벅인 채로 얼굴 가득 놀라는 표정을 지었다.

"정… 말인가요?"

진검룡이 그녀를 일으켜 주었다.

"자, 바닥에 내려서라."

슥…….

진취하는 몹시 긴장한 얼굴로 오른발로 바닥을 딛고 이어서 왼발을 디뎠다.

다음 순간 그녀의 몸이 기우뚱하며 앞으로 기울어졌다.

"앗!"

진검룡이 그녀를 붙잡았다.

"태어나서 처음 제대로 걷는 것이니까 서툴러서 그런 것일 게다. 내가 잡아줄 테니까 다시 해봐라."

"아아……."

"발바닥 전체로 바닥을 디뎌야 한다."

진검룡은 진취하를 부축하고 설명을 해주었다.

진취하의 왼쪽 발바닥이 바닥에 닿았다.

"다리에 힘을 주고 서라."

진취하가 부들부들 떠는 게 진검룡에게 전해졌다.

진취하는 두 발을 바닥에 딛고 섰다.

"이번에는 걸어보자."

진검룡은 그녀를 부축한 채 걸음을 유도했다.

진취하는 부들부들 떨면서 걸음을 내디뎠다.

한 걸음 두 걸음 세 걸음까지 걷고는 기쁨에 가득 찬 얼굴로 왈칵 울음을 터뜨렸다.

"으아앙! 제가 걸었어요……! 제대로 걸었다고요……!"

* * *

반 시진 후, 진검룡은 진운하 부부의 치료를 끝냈다.

옆에서 지켜보고 있던 진청하는 몹시 긴장한 표정으로 조심스럽게 물었다.

"어… 됐습니까?"

진검룡은 고개를 끄떡였다.

"암을 제거했다."

"아……."

진청하는 물론이고 침상에 나란히 누워 있는 진운하 부부도 얼굴 가득 기쁜 표정을 지었다.

진검룡은 진운하 부인을 쳐다보았다.

"부인의 허리도 고쳤으니까 내려와서 걸어보시오."

진운하 부부는 감격의 눈물을 흘리면서 일어났고, 부인은 진검룡의 부축을 받으며 바닥에 내려섰다.

그런데 그녀의 허리가 예전처럼 구부러져 있는 것이 아닌가.

"허리 펴시오."

진검룡은 그녀가 워낙 오랫동안 허리를 굽히고 살았기 때문에 습관처럼 허리를 굽힌다고 생각했다.

부인은 꼭 잡은 진검룡의 손에 잔뜩 힘을 주면서 조금씩 허리를 펴기 시작했다.

투두… 두둑…….

뼈마디 부딪치는 음향이 들리면서 그녀의 허리가 조금씩 위로 펴졌다.

오래지 않아서 부인의 몸이 일직선으로 꼿꼿하게 펴지자 진청하와 진운하, 그리고 보고 있던 진취하는 탄성을 터뜨렸다.

"아아… 형수님!"

"으흐흑……! 엄마……!"

진검룡은 방을 나서면서 진청하에게 지나가는 말처럼 물었다.

"너는 무슨 진씨냐?"

진청하는 공손히 대답했다.

"네. 나루 진(津)입니다."

"그래? 나도 나루 진을 쓴다."

진청하와 진운하 등은 깜짝 놀랐다.

"그렇습니까? 우리 나루 진씨는 매우 희귀한 성씨입니다."

진청하는 '그래서 나루 진씨는 다 혈족(血族)이다'라는 말을 감히 하지 못했다.

영웅문주인 진검룡과 자신이 같은 혈족일 리가 없다고 생각하기 때문이다.

그런데 진검룡이 매우 진지한 표정으로 진청하에게 말했다.

"예전에 어머니께서 말씀하시기를 우리 나루 진씨는 워낙 희귀한 성씨라서 다 혈족이라고 하셨다."

진청하는 용기를 내서 고개를 끄떡였다.

"그… 렇습니다."

第百三十章

아버지

"그 말이 사실인가?"

"저희가 알기로는 그렇습니다."

진청하와 진운하는 물론이고 진검룡까지 팽팽하게 긴장했다.

진검룡은 궁금한 표정으로 물었다.

"그럼 나와 자네도 혈족인가?"

세상천지에 혈혈단신 외톨이인 진검룡은 어느 누구 한 사람이라도 자신의 피붙이가 있었으면 좋겠다고 간절하게 원했다.

진청하가 머뭇거리자 진운하가 공손히 조심스럽게 말했다.

"대인께서 정말 나루 진씨라면 소인들과 혈족일 가능성이 큽니다."

"나는 내 성이 나루 진씨라고 알고 있소."

"춘부장은 생존해 계십니까?"

진검룡의 표정이 시큰둥해졌다.

"돌아가셨다고 들었소."

"그럼 자당께선……."

진검룡의 얼굴에 우울함이 깔렸다.

"다섯 살 때 돌아가셨소."

진운하는 궁금한 표정을 지었다.

"그러시다면 대인께서 나루 진씨라는 사실은 누구에게 들으셨습니까?"

진운하와 진청하 등은 몹시 긴장했다. 그도 그럴 것이 그들에게 하늘이나 다름이 없는 진검룡이 어쩌면 자신들의 혈족일지도 모르기 때문이다.

진검룡의 얼굴이 어두워졌다.

"나는 아버지 얼굴도 모르고 그분에 대한 기억이 전혀 없소. 다만 어머니께서 돌아가시기 전에 내가 나루 진씨이며 아버지 성함이 진도제(津道齊)라고 말씀해 주셨소."

"허엇!"

그 순간 진청하가 탄성을 터뜨렸고 진운하도 크게 놀라는 표정을 지었다.

진검룡과 민수림, 부옥령은 진청하와 진운하가 놀라는 모습을 보고 반사적으로 어떤 예감이 들었다.

진운하가 몹시 긴장한 얼굴로 물었다.

"혹시 부친의 성함이 길 도(道) 자에 가지런할 제(齊) 자를 쓰십니까?"

"그렇다고 들었소."

진운하와 진청하 얼굴에 더할 수 없는 기쁨과 감격의 표정이 물결쳤다.

진검룡은 필시 자신의 부친 진도제가 이들과 연관이 있을 것이라고 직감했다.

진운하 형제는 감히 말하지 못하는데 진검룡은 흥분을 억누르고 조심스럽게 물었다.

"내 아버지를 아시오?"

진청하는 진운하를 쳐다보았다. 너무 큰일이라서 진청하가 말하지 못하는 것이다.

진운하는 목젖이 울리도록 마른침을 삼키고 나서 자세를 바로 해서 앉았다.

"진도제는 소인의 바로 위 친형님이십니다."

"……."

진검룡과 민수림, 부옥령 얼굴에 대경실색하는 표정이 파도처럼 출렁거렸다.

진검룡은 지금 자신에게 일어나고 있는 일이 쉽사리 믿어지지 않았다.

이들의 말이 사실이라면 이들은 진검룡과 매우 가까운 혈족들이다.

아버지의 형제들이 아닌가. 그리고 이들의 아들딸은 진검룡과 사촌 간이 된다.

혈혈단신 세상천지에 아무도 없던 진검룡에게 졸지에 여러 명의 피붙이들이 생기는 것이니 어찌 큰일이 아니겠는가.

진청하와 진운하는 그렇게 말해놓고서 아무 말도 하지 못하고 가만히 있었다.

당금 무림에서 가장 유명한 인물이 바로 전광신수 진검룡이다. 더구나 그는 절강성의 절대자이며 이제는 강서성까지 수중에 넣으려고 하는 최강자이다.

그런 어마어마한 인물이 자신들의 혈육이며 조카가 되려는 상황인데 어찌 입이 떨어지겠는가.

진검룡은 그동안 가장 궁금하게 여겼던 것을 물었다.

"그런데 어째서 어머니께선 아버지의 형제에 대해서 아무 말씀도 없으셨던 것이오?"

"그것은……."

"그리고 어머니 혼자 나를 키우셨는데 아무도 어머니를 도와주지 않았소. 심지어 어머니께서 돌아가셨을 때에도 아버지의 형제들은 아무도 나타나지 않았소."

진검룡은 그것에 대해서 지난 세월 동안 시간 날 때마다 깊이 생각했었다.

어째서 아버지는 그렇게 일찍 돌아가신 것이며, 아버지와 어머니에게는 단 한 명의 형제자매도 없었던 것인지 너무 궁금하고 야속해서 잠을 이루지 못한 날이 많았었다.

어머니가 갖은 고생을 다 하면서 어린 진검룡을 키웠고, 그러다가 돌아가신 것을 잘 알기에 진검룡은 일찍 돌아가신 아버지와 있지도 않은 친척들을 원망하면서 자랐다.

그런데 이제 아버지의 친동생이라는 사람이 둘씩이나 진검룡 앞에 나타났으니 그동안 그토록 궁금하게 여겼던 일을 물어보는 것이다.

잠시 침묵을 지킨 후에 진운하는 진중하면서도 착잡한 표정으로 어렵게 말문을 열었다.

"우리도 큰 형님을 뵌 것이 이십오 년이 넘습니다."

진검룡과 민수림, 부옥령은 의아한 표정을 지었다.

진운하는 집을 둘러보면서 말했다.

"우리 육남매는 부모님과 함께 바로 이 집에서 태어나고 성장했습니다."

진검룡은 새삼스러운 표정으로 실내를 둘러보고 나서 조금 놀라는 표정으로 물었다.

"육남매나 되오?"

"그렇습니다. 남자 형제 세 명에 여자 자매 셋입니다."

진청하가 거들었다.

"여자 자매는 모두 제 아래 여동생들입니다."

진청하는 삼십 대 중반의 나이고 여동생들이 그보다 어리다니까 삼십 대 중반이나 초반일 것이다.

어쨌든 아버지의 형제가 육 남매나 된다는 사실은 신선한 충격이었다.

진운하의 말이 이어졌다.

"소인들의 부모님께선 오래전부터 이곳에서 주루를 운영하면서 자식들을 키웠습니다."

이 주루 육향루(六鄕樓)는 이 대(代) 오십 년에 걸쳐서 운영되고 있었다.

"아버님께선 장남인 맏형, 그러니까 도제 형님이 주루를 물려받아서 운영하기를 원하셨습니다."

당연히 그랬을 것이다. 어느 집이든지 장남이 가업을 잇는 것이 율법과도 같은 일이기 때문이다.

진운하와 진청하의 얼굴이 어두워졌다.

"그런데 도제 형님은 아버님의 말을 거부한 채 가출을 해버렸습니다. 그게 이십칠 년 전 일이었습니다."

'그런 일이…….'

진검룡은 속으로만 중얼거렸다.

"그래서 어찌 됐소?"

"그 이후로 도제 형님은 집에 한 번도 오지 않았고 십오 년 전 아버님께서 돌아가신 이후부터 소인이 주루를 이어받아

꾸려오고 있습니다."

진운하 뒤에 나란히 앉은 부인과 딸 진취하는 몹시 긴장한 표정으로 진검룡을 말끄러미 바라보고 있다.

진도제가 진검룡의 아버지가 분명하다면 진취하와는 사촌지간이 되는 것이다.

진검룡은 착잡하게 말했다.

"아버지는 돌아가실 때까지 한 번도 이곳에 돌아오지 않으신 거로군."

진운하와 진청하는 크게 놀랐다.

"도제 형님이 돌아가셨습니까?"

"아… 도제 형님께서 언제 돌아가셨습니까?"

진검룡의 표정이 더 어두워졌다.

"어머니 말씀으로는 내가 태어나서 일 년이 채 지나지 않았을 때 돌아가셨다고 했소."

"그럴 리가 없습니다……!"

진청하가 고개를 세차게 가로저었다.

"무슨 말이지?"

진검룡은 자신의 숙부일지도 모르는 진청하에게 아까처럼 하인 대하듯이 하대를 하기가 어려워졌다.

"한 달 전까지만 해도 도제 형님께서 잘 지내고 계신다는 말을 들었습니다."

"그게 무슨……."

진청하는 자세를 꼿꼿하게 하고 진검룡을 쳐다보았다.

"그렇다면 대인께선 그동안 도제 형님과 왕래가 없으셨던 것입니까?"

"내가 태어나자마자 아버지가 돌아가셨다고 알고 있는데 당연하지 않은가?"

"그렇군요……."

진검룡이 다그쳤다.

"그런데 아버지께서 살아계시다는 게 사실인가?"

"그렇습니다."

청천벽력 같은 일이다. 시퍼렇게 살아 있는 아버지를 이십일 년 동안이나 죽었다고 믿었다니 어이가 없다.

진검룡은 망연자실한 표정으로 한동안 가만히 있다가 이윽고 정신을 수습했다.

"음… 그렇다면 그분은 지금 어디에 계시나?"

"절강성 평호현(平湖縣)의 해웅방(海雄幇)에 계십니다."

진검룡은 어이없는 표정을 지었다.

"무림인이신가?"

"그렇습니다."

진청하는 차분하려고 애쓰면서 설명했다.

"처음부터 도제 형님께서 아버님의 가업을 이어받지 않으려고 한 이유는 무림인이 되려는 꿈 때문이었습니다."

"그런가?"

진검룡은 온몸에 구정물이 끼얹어지는 기분이 되었다. 그깟 무림인이 뭐라고 친혈육을 버리고 아내와 자식까지 외면하고 살았다는 말인가.

부옥령이 중얼거리듯 말했다.

"평호현이라면 항주에서 백 리 남짓 되는 거리예요."

진검룡이 그녀를 돌아보지 않고 물었다.

"령아, 해웅방에 대해서 아느냐?"

부옥령이 밖으로 나가며 말했다.

"누가 아는지 알아보고 올게요."

진검룡은 마음이 쓰디썼다.

"거기 방주인가?"

"도제 형님 말씀입니까?"

"그래."

"아… 넵니다. 당주인 것으로 알고 있습니다."

"당주?"

그때 부옥령이 돌아와서 진검룡 옆에 앉으며 말했다.

"손록이 알고 있대요. 예전에 평호 해웅방은 오룡방에 충성을 맹세했다는군요."

"지금은?"

"당연히 영웅문에 칭신(稱臣)했겠지요."

칭신. 스스로 몸을 굽히고 수하가 됐다는 것이다.

진청하가 말했다.

"도제 형님이 무도관에 들어가기 위해서 가출한 광경을 봤었기 때문인지 저는 무림인이 되는 꿈을 꾸면서 자라다가 아버지께서 돌아가신 후에 무술을 배우기 시작하여 십여 년 만에 검황천문에 들어갔었고 지금은 탐라고수가 되었습니다."

진검룡은 진청하의 말이 귀에 들어오지 않고 오로지 아버지에 대한 생각으로 머리가 꽉 찼다.

진운하와 진청하는 진검룡이 자신들의 조카가 분명하다고 믿고 있었다.

진검룡도 같은 생각이지만 지금은 친혈육을 만난 기쁨보다는 아버지가 살아 있었다는 충격이 더 커서 머리가 텅 빈 것만 같았다.

이런 일에 경험이 전혀 없고 윤리나 도덕적인 일에 대해서도 잘 모르는 진검룡은 잠시 가만히 있다가 부옥령을 쳐다보았다. 어떻게 하면 좋은지 묻는 것이다.

부옥령이 전음을 보냈다.

[주인님께서 이들과 혈족 간인 것은 확실한 것 같아요. 하지만 그 전에 아버님을 만나보시는 게 순서예요.]

진검룡 생각에도 그래야 할 것 같았다. 머릿속이 먹구름처럼 잔뜩 시커멓지만 죽은 줄 알았는데 뻔히 살아 있는 아버지를 먼저 만나야지만 엉킨 실타래가 풀릴 것이다.

진운하가 조심스럽게 말문을 열었다.

"소인의 여동생들과 가족을 만나보시겠습니까?"

진운하는 진검룡이 자신의 조카일 것이라고 거의 확신하면서도 스스로를 '소인'이라 칭하고 자신을 한없이 낮추었다.

민수림이 진검룡의 팔을 살며시 잡으며 속삭이듯 말했다.

"그렇게 하세요."

진검룡이 쳐다보자 민수림은 화사하게 미소 지었다.

"검룡은 그동안 얼마나 외로워했나요? 친척들을 만나보면 마음이 한결 편할 거예요."

이때까지만 해도 진검룡은 친척들을 만나는 것에 그다지 관심이 없었다.

그렇지만 민수림의 말을 거부할 수가 없었고 또한 민수림의 말이 언제나 옳았기 때문에 그녀의 말에 따르기로 했다.

그러나 그 전에 해야 할 일이 하나 있다.

진검룡은 허리를 꼿꼿하게 펴고 말했다.

"두 분이 내 숙부인 것 같지만 평호 해웅방에 계시다는 아버지를 만나보는 것이 우선인 것 같소."

진운하와 진청하는 굽실 고개를 숙였다.

"그러십시오."

진검룡은 잠시 생각했다가 말했다.

"두 분의 여동생들은 어디에 있소?"

*　　　　*　　　　*

세 명의 여동생 중에 두 명은 남창에 그리고 한 명은 항주에 있다고 한다.

남창에 있다는 두 여동생은 어느 곳의 호위고수를 하고 있으며 항주에 사는 막내 여동생은 우연찮게도 십엽루의 호위고수라고 한다.

진검룡은 한시바삐 부친을 만나서 어떻게 된 일인지 자초지종을 듣고 싶었지만 민수림의 제안으로 오늘 이곳의 혈족들을 모두 만나보기로 했다.

민수림의 말이 옳다. 태어나서 한 번도 본 적 없는 부친인데 하루 이틀 늦게 만난다고 뭐가 달라지겠는가.

남창 천향루.

천향루는 두 개의 거대한 전각으로 이루어졌으며, 왼쪽 오층이 기루이고 오른쪽 삼 층이 주루다.

오늘 천향루 오른쪽 전각 삼 층은 몇몇 사람을 제외하고는 출입이 통제되었다.

삼 층에서도 가장 크고 화려한 방에 진검룡이 가운데, 민수림과 부옥령이 좌우에 앉아 있다.

"내 생각에는……."

민수림이 입을 열었다.

"그 사람들이 검룡의 혈족이 맞는 것 같아요."

"그렇습니까?"

부옥령이 끼어들었다.

"확인할 방법이 있어요."

"어떻게?"

부옥령은 고개를 앞으로 빼서 민수림을 쳐다보았다.

"소저께서 주군께 도하역행류를 가르쳐 주세요."

"그건 왜죠?"

부옥령은 천하의 모든 고문수법을 파훼하는 도하역행류의 진가를 민수림이 기억하지 못한다고 생각했다.

"도하역행류에는 친혈진가류(親血眞可流)가 있잖아요."

민수림은 고개를 갸웃거리지도 않고 대답했다.

"그런 거 몰라요."

민수림은 그 대신 다른 것에 관심이 생겼다.

"그런데 좌호법은 어떻게 도하역행류에 대해서 잘 알고 있는 건가요?"

"배웠어요."

"누구에게요?"

민수림은 도하역행류를 자신이 창안했다고 말했었고 그게 사실이다.

"내가 모셨던 분께 배웠어요."

부옥령은 민수림이 계속 캐물으면 어떻게 대답해야 할지 궁리를 했다.

그런데 민수림은 그저 '아! 그래요?' 하는 식으로 고개를 끄떡이고는 진검룡에게 말했다.

"도하역행류 배울래요?"

진검룡은 진지한 표정으로 고개를 끄떡였다.

"가르쳐 주십시오."

민수림은 부옥령을 보며 말했다.

"내가 검룡에게 도하역행류를 가르칠 테니까 좌호법은 어떻게 친혈진가류를 사용하는지 알려주세요."

"그러겠어요."

부옥령은 민수림이 진검룡에게 도하역행류의 구결을 가르치는 모습을 물끄러미 바라보며 생각에 잠겼다.

진검룡과 민수림은 한 쌍의 연인으로 정말 잘 어울린다.

부옥령이 생각하기에 만약 민수림이 기억을 되찾는다면 진검룡과 헤어질 가능성이 크다.

민수림은 대명제국의 태자조차도 귀찮게 여겨서 어떻게 해서든 만나지 않으려고 했었다.

민수림은 아예 남자에게 반 푼어치의 흥미를 느끼지 못하는 성격이다.

부옥령이 아는 한 민수림의 머릿속에는 오로지 무공과 천하제패만이 가득 들어차 있다.

그렇기에 민수림이 기억을 되찾으면 진검룡을 버릴 확률이 높다는 것이다.

부옥령의 솔직한 심정으로는 민수림이 기억을 되찾지 말고 진검룡과 혼인하여 죽을 때까지 백년해로하면 좋겠다.

얼마 전까지의 부옥령이라면 절대로 이런 생각 따윈 하지 않았을 것이다.

진검룡 곁에서 몇 달 동안 지내다 보니까 어쩌다가 이렇게 돼버렸다.

그렇지만 이렇게 돼버린 것을 절대로 후회하지 않는다. 외려 이렇게 되지 않았으면 후회할 뻔했다.

어떤 날 밤에는 잠을 자다가 자주 깨어서 어쩌다가 자신이 이런 상황에까지 처하게 되었는지 헛웃음을 몇 번이나 지었는지 모른다.

이유는 딱 한 가지, 부옥령은 진검룡을 목숨만큼이나 사랑하게 되었기 때문이다.

처음에 부옥령은 자신의 절대적 신(神)인 천상옥녀보다 진검룡을 더 소중하게 여기기 위해서 그의 혈도를 제압하고 강제로 입맞춤을 했었다.

그 당시에 부옥령은 일 각이 넘도록 진검룡의 입술을 마음대로 유린했으며 아주 오랫동안 그의 혀를 빨아대서 마비시키기까지 했었다.

그때는 설마 그 정도 갖고 진검룡이 천상옥녀보다 더 중요한 존재가 되겠는가 하고 불신했었는데 지금은 그 불신이 현실이 돼버렸다.

천향루 사람들만 출입하는 쪽문 밖에 세 사람이 모여서 얘기를 하고 있다.

경장 차림이며 어깨에 검을 멘 두 명의 여자가 자신들을 찾아온 진취하를 상대하고 있는 것이다.

"하야, 네가 웬일이냐?"

"삼숙(三叔)께서 보내셨어요."

"삼가(三加)가?"

삼숙은 진청하를 가리킨다.

"삼가가 무슨 일로 널 보냈지?"

쌍둥이처럼 닮은 두 여자 중에서 삼십삼 세인 언니 진사월(津斜月)이 물었다.

진취하는 두 명의 고모 뒤쪽에 작은 산처럼 웅크리고 있는 천향루 주루 건물을 가리켰다.

"저기에서 누굴 만나기로 했는데 고모들더러 저기로 오라고 했어요."

언니 진사월과 둘째 진수향(津受香)은 동시에 주루 건물을 돌아보며 놀라는 표정을 지었다.

진사월과 진수향은 진취하를 보면서 크게 놀라며 물었다.

"저… 기에서 누굴 만난다는 것이냐?"

"하야, 너 뭔가 잘못 알고 있는 것 아니야?"

진취하는 또박또박 말했다.

"저 건물이 천향루 주루가 아닌가요?"

"맞아. 그런데 저기에서 누굴 만난다는 게냐?"

"백부님의 아들이에요."

"……."

진사월과 진수향은 너무 놀란 나머지 한동안 아무 말도 하지 못했다.

한참 만에 진사월이 억눌린 듯한 목소리로 물었다.

"도제 대가 아들이라는 거니?"

"네."

"그 아들이 나타났어? 도제 대가하고 같이?"

"아뇨. 아들 혼자 왔어요."

"어딜?"

"우리 집에요."

"너희 집에?"

진사월과 진수향은 점점 더 놀라더니 마지막에는 경악하는 지경에 이르렀다.

진청하는 두 여자에게 자세한 설명을 해주지 말라고 진취하에게 당부했었다.

비밀이 샐 수도 있으며 이들 두 여자가 미리 알아서 좋을 게 없기 때문이다.

진취하는 쪽문 안쪽을 가리키며 재촉했다.

"어서 들어가요. 기다리시겠어요."

"누… 가 기다린다는 말이냐?"

"아버지하고 어머니, 그리고 삼숙네 가족이요."

진사월과 진수향은 넋을 잃기 직전까지 갔다.

"어… 째서 다 모인 거지?"

"말했잖아요. 백부님 아들이 나타났다고요."

"도제 대가 아들이……."

진사월이 말하려는데 그녀들 뒤에서 묵직한 저음이 들렸다.

"어서 가라."

두 여자가 움찔 놀라서 뒤돌아보니 단삼을 입은 중년인이 우뚝 서 있다.

"호위대장(護衛隊長)님……."

중년인은 다름 아닌 천향루 전체 호위를 책임지고 있는 호위대장이다.

천향루 호위무사인 진사월과 진수향은 호위대장이 어째서 '어서 가라'라고 말하는 것인지 이유를 알지 못했다.

"호위대장님, 어째서……."

"어서 가라고 하지 않았느냐?"

호위대장이 언성을 높이면서 발을 굴렀다.

천향루 오십 명의 생살여탈권을 쥐고 있는 그가 이런 행동을 보인다는 것은 촌각을 다투는 일이라는 사실을 진사월 자매는 잘 알고 있다.

이런 상황에 우물쭈물한다든가 말대꾸를 하면 그 즉시 징계가 떨어진다.

그렇지만 어디로 가라는 것인지 물어보지 않을 수가 없다.

"어… 디로 갑니까?"

"주루로 가면 네 가족이 기다리고 있을 것이다. 어서 가라."

"아… 알겠습니다……!"

진사월 자매는 궁둥이에서 비파 소리가 나도록 부리나케 주루로 달려갔다.

주루 입구에는 진운하 부부와 진청하가 초조한 표정으로 기다리고 있다가 달려오는 진사월 자매를 꾸중으로 맞이했다.

"왜 이리 늦었느냐?"

그런데 진사월 자매는 진운하 등의 한쪽 옆에 천향루의 독가(지배인)인 양이랑과 천향루주가 나란히 서 있는 것을 발견하고 혼비백산했다.

두 여자는 후다닥 달려가서 천향루주와 양이랑 앞에 깊숙이 허리를 굽혔다.

"루… 루주."

천향루주는 진사월 자매에게 공손히 안쪽을 가리켰다.

"들어가시지요."

"아아… 루주… 어이해 이러십니까……?"

천향루주와 양이랑은 진사월 자매가 진검룡의 고모가 확실할 것이라는 사실을 이미 들었다.

천추각이 통째로 영웅문 휘하에 들어갔거늘 영웅문주인 진검룡은 천향루주에게 하늘 같은 존재가 아니겠는가.

진운하와 진청하가 진사월 자매를 재촉했다.

"어서 들어가자. 기다리시겠다."

"아… 네……."

진사월 자매는 워낙 경황 중이라서 진운하가 '기다리시겠다'라고 존대를 했다는 사실을 알지 못했다.

천향루주와 양이랑이 앞장서 안내를 하여 곧장 주루 삼 층으로 올라갔다.

진사월 자매는 삼 층에는 여러 개의 커다란 방과 주방 등이 있으며 그중에서 가장 큰 방이 목월실(睦月室)이라는 사실을 잘 알고 있었다.

"이쪽으로 가시지요."

양이랑을 제쳐두고 천향루주가 직접 진운하 일행을 목월실로 안내했다.

진사월과 진수향은 도대체 어떻게 돌아가는 상황인지 몰라서 혼절할 것만 같았다.

그런데 목월실 문 앞에 일남일녀가 서서 기다리고 있는데 진씨 남매로서는 처음 보는 사람들이다.

진씨 남매를 기다리고 있는 일남일녀는 천추태후 당하선과 정천영이었다.

천향루주와 양이랑은 당하선과 정천영 앞에 공손히 허리를 굽혔다.

"각주와 태상호법을 뵈옵니다."

"……!"

진사월과 진수향은 혼절할 정도로 경악해서 그 자리에 털썩 무릎을 꿇었다.

"가… 각주!"

천향루가 천추각 소유라는 사실을 천향루의 웬만한 사람들은 알고 있다.

또한 천추각에서 천향루가 차지하는 비중이 백분지 일에도 못 미친다는 사실도 잘 알고 있다.

말하자면 진사월 자매가 하늘처럼 떠받들고 있는 천향루주가 천추각 전체로 봤을 때 하루살이 같은 존재라는 뜻이다.

그런데 천추각주가, 게다가 태상호법까지 직접 문밖에 나와서 진씨 남매를 맞이하고 있는 것이다. 아니, 이것은 아예 영접에 가까웠다.

"일어나세요."

당하선과 정천영이 직접 진사월과 진수향의 팔을 잡아서 일으켜 주었다.

그러고는 양이랑이 열어준 문 안쪽을 가리켰다.

"들어가세요."

진사월과 진수향은 귀신에게 홀린 듯한 표정을 지으며 진운하와 진청하를 돌아보았다.

그러나 진운하와 진청하는 돌덩이처럼 경직된 얼굴로 고개를 끄떡일 뿐 아무 말도 하지 않았다.

*　　　　*　　　　*

진씨 남매와 진취하는 조심스럽게 실내로 들어섰다.

진사월과 진수향으로서는 처음 보는 사람들이 실내에 앉아 있다가 일어서고 있었다.

진검룡이 정중하게 말했다.

"어서 오시오."

진운하와 진청하는 즉시 허리를 굽혔다.

"대인을 뵈옵니다."

그들은 진검룡이 자신들의 조카라고 거의 확신하고 있지만 그래도 그는 태양 같은 존재인 영웅문주인 것이다.

그것은 황족이라고 해도 황제에게 굴종하고 예의를 갖추는 것과 다르지 않다.

진운하와 진청하 뒤를 따르던 부인과 진취하도 깊이 허리를 굽혔다.

진사월과 진수향은 어떻게 해야 할지 몰라서 당황하는데

이번에는 당하선과 정천영, 천향루주, 양이랑이 진검룡에게 예를 취하는 것이 아닌가.

"문주를 뵈옵니다."

이쯤 되자 진사월과 진수향은 길게 생각할 것 없이 그 자리에 납작하게 부복했다.

천향루주와 천추각주, 태상호법 세 사람이 허리를 굽히는 상대라면 그녀들은 부복을 해야 마땅하다.

"예를 거두시오."

진검룡의 말에 모두들 허리를 폈으나 진사월과 진수향은 무릎을 꿇고 바닥에 이마를 댄 채 움직이지 않았다.

진검룡이 직접 그녀들에게 다가가서 팔을 잡고 부드럽게 일으켜 주었다.

"일어나시오."

진사월과 진수향은 자신들을 일으키는 사람의 얼굴을 확인하고는 소스라치게 놀랐다.

"아아……."

진검룡은 두 여자의 팔을 잡고 실내의 한쪽에 있는 탁자로 이끌었다.

"모두 이리 와서 앉읍시다."

진검룡은 커다랗고 둥근 탁자를 준비하라고 미리 천향루에 말해두었다.

진검룡이 따로 앉으면 진운하, 진청하 가족이 불편할 것 같아서 같이 앉으려는 것이다.

진사월과 진수향은 뭐가 어떻게 돌아가고 있는 것인지 정신이 하나도 없는 상태에서 자리에 앉았다.

한쪽에는 진검룡과 민수림, 부옥령이 앉았고 맞은편에 진운하 부부와 딸 진취하, 진청하, 진사월, 진수향이 꼿꼿한 자세로 나란히 앉았다.

진검룡은 서 있는 당하선과 정천영에게 말했다.

"선아, 정 장로, 앉으시오."

"네, 가가."

당하선이 미소를 지은 채 예쁘게 말하며 부옥령 옆에 앉고 그 옆에 정천영이 앉았다.

방금 눈앞에서 벌어진 광경 때문에 진사월과 진수향은 아예 졸도할 지경에 이르렀다.

두 여자는 조금 전에 천추각주인 천추태후의 실물을 처음 보고는 너무 경악해서 오줌을 지릴 뻔했었다.

그런데 '대인'이라고 불리는 젊디젊은 청년이 천추태후를 '선아'라고 부르니까 그녀가 공손히 그를 '가가'라고 부르며 자리에 앉았다.

진사월 자매는 천추태후의 이름이 무엇인지 모르지만 끝자가 '선'인 것 같았다.

경악하기는 진청하도 마찬가지다. 검황천문 소속 탐라고수의 신분인 그는 무림의 정보에 대해서 빠삭하지만 지금껏 천추태후의 실물을 본 적이 한 번도 없었다.

그런데 천추태후의 진면목을 직접 보게 되었을 뿐만 아니라 천추각이 영웅문 휘하에 들어갔다는 새롭고도 놀라운 사실까지 알게 되었다.

횡항 변두리에서 다 허물어져 가는 주루를 운영하고 있는 진운하 부부의 놀라움이야 더 말할 필요도 없다.

그들이 혼절하지 않은 채 꿋꿋하게 버티고 앉아 있는 자체가 놀라울 뿐이다.

진씨 가족은 진검룡 좌우에 앉은 민수림과 부옥령에게 무심코 시선을 주었다가 멍한 표정을 짓고 말았다.

이러는 것은 어쩔 수 없는 광경이다. 민수림과 부옥령이 천하절색 미모를 지니고 있다는 것이 잘못이지 놀라는 사람은 잘못이 없다.

그때 진검룡이 먼저 말문을 열었다.

"거기 두 분의 이름은 무엇이오?"

"……."

진사월과 진수향은 화들짝 놀라서 온몸이 단단하게 굳었고 입은 얼어붙었다.

옆에 앉은 진청하가 주의를 주었다.

"뭐 하느냐? 어서 대답해라."

화들짝 놀란 두 여자는 벌떡 일어나서 외치듯이 자신의 이름을 밝혔다.

"진사월입니다!"

"진수향이라고 합니다!"

진검룡은 정중하게 포권을 했다.

"반갑소. 나는 진검룡이오."

"……!"

그 순간 두 여자는 번갯불이 머리를 관통하는 굉장한 충격을 받았다.

그제야 그녀들은 아까 진취하가 말했던 큰오라버니 도제의 아들에 대한 생각을 떠올렸다.

그녀들은 눈앞의 저 청년이 큰오라버니 도제의 아들일 것이라고 짐작했다.

진검룡의 말이 그녀들의 짐작을 확인해 주었다.

"나는 진도제의 아들이오."

지금 그가 말하는 사실은 당하선과 정천영, 천향루주와 양이랑은 처음 듣는 것이다.

당하선은 깜짝 놀라서 진검룡을 바라보며 물었다.

"가가, 진도제라는 분이 누군가요?"

부옥령이 꾸짖었다.

"입 닫아라."

당하선은 찔끔해서 다소곳이 고개를 숙였다.

진검룡의 말이 이어졌다.

"나는 여기에 있는 진씨 일족이 나의 혈족이라는 사실을 거의 확실하게 믿고 있소."

진씨 자매는 마른침을 삼켰다.

"내가 아버지를 만나 사실을 확인하고 나서 여기에 계신 분들에게 제대로 예를 갖추겠소."

진씨 자매는 혼비백산 경악하며 아무 말도 하지 못하고 그렇게 잠시 침묵이 흘렀다.

진검룡은 진씨 일족을 둘러보면서 말했다.

"내게 하고 싶은 말이 없소?"

"저……."

진수향이 어렵게 입을 열었다.

"말하시오."

진수향은 최대한 공손한 태도를 취했다.

"대인께선 누구십니까?"

"진검룡이오."

"그게 아니라……."

진검룡은 그녀들이 자신의 신분을 묻는 것이라고 생각했다.

"아… 나를 모르오?"

"모… 릅니다."

"나는 영웅문주요."

"아……."

"허억……!"

진씨 자매는 뾰족한 창에 가슴 한복판이 푹! 찔린 것 같은 충격을 받았다.

젊은 나이에 대인이라 불리고 천향루주와 천추태후가 설설 기어서 대체 누굴까 궁금했었는데 설마 요즘 떠오르는 태양인 영웅문주일 줄은 몰랐다.

"설마… 전광신수… 말인가요?"

진검룡은 고개를 끄떡이면서 좌우의 민수림과 부옥령을 가리켰다.

"이분이 철옥신수이고 이 사람이 무정신수요. 그래서 영웅삼신수라고 불린다오."

천향루의 일개 호위무사인 그녀들로서는 감히 올려다보지도 못할 어마어마한 신분이다.

이번에는 진검룡이 진씨 자매에게 물었다.

"그대들은 무슨 일을 하고 있소?"

진씨 자매는 일어선 상태에서 대답했다.

"우리는 천향루의 호위무사입니다."

남창에서 천향루의 호위무사라고 하면 목과 어깨에 빳빳하게 힘을 주고 다닐 수 있다.

거기에 선발되는 과정이 까다롭기로 소문이 났으며 무술이 고강해야 하는 것은 물론이고 호위무사에 선발되면 녹봉이나 여러 대우가 최상급이기 때문이다.

진검룡은 고개를 끄떡였다.

"아… 그렇소?"

그로부터 한 시진이 지나서 좌중의 사람들은 맛있는 요리와 술을 먹고 마시며 대화를 나누었다.

진검룡은 진씨 가족이 긴장을 풀고 허심탄회하게 즐길 수 있도록 배려했으며, 그런 덕분인지 지난 한 시진 동안 그들은 긴장이 어느 정도 풀렸다.

진검룡이 진청하를 보며 물었다.

"그대는 검황천문 탐라고수인가?"

진청하는 쥐고 있는 술잔을 내려놓고 벌떡 일어섰다.

진검룡은 손을 저었다.

"아… 미안하오. 하대가 버릇이 돼놔서……."

그는 포권을 하며 말했다.

"앉아서 편하게 대해주시오."

진청하는 여러 잔의 술을 마셨지만 긴장을 풀지 않았기에 취하지 않았다.

그는 자리에 앉아서 꼿꼿한 자세로 말했다.

"저는 검황천문에서 나올 생각입니다."

조카가 검황천문과 대적하는 영웅문의 문주인데 숙부가 검황천문의 고수일 수는 없는 일이다.

진검룡은 잔잔하게 미소 지었다.

"횡항둔소에 숨어 있던 동방장천을 급습하지 않았으면 그대를 만나지 못할 뻔했소."

진청하도 벙긋 미소 지었다.

"그 전에 대인께서 태문주에게 중상을 입혔기에 가능한 일이었습니다. 그와 금혈마황이 중상을 입지 않았더라면 그곳에 은신했겠습니까?"

"그건 그렇소."

진사월과 진수향은 방금 자신들이 들은 얘기가 맞는지 확인하기 위해서 서로의 얼굴을 마주 바라보았다.

그녀들은 고개를 끄떡이면서 너무 큰 충격에 얼굴이 새하얗게 질려 버렸다.

동방장천이라면 세상 사람들이 다 알고 있는 검황천문의 절대자인 태문주 절대검황이다.

그런데 진검룡이 태문주와 싸워서 중상을 입혔으며 태문주는 횡항둔소라는 곳에 숨어 있다가 도망쳤다는 얘기다.

그뿐만이 아니다. 금혈마황은 동방장천보다 더 유명한 전대의 대마황인데 그조차도 진검룡에게 중상을 입어서 도망쳤다니 실로 기절초풍할 일이다.

말로는 설명이 안 될 정도로 어마어마한 인물이 자신들의 조카일지도 모른다는 사실에 진사월과 진수향은 심장이 두근거리고 간이 벌렁거렸다.

진검룡은 진씨 일가의 제일 어른인 진운하에게 말했다.

"나와 함께 영웅문으로 갑시다."

"저… 저는……."

진운하는 크게 당황해서 쩔쩔맸다.

진검룡은 의아한 표정을 지었다.

"가지 못할 이유라도 있소?"

진운하는 용기를 내서 겨우 말했다.

"그게 아니라 폐가 될까 봐 그렇습니다……."

진검룡은 진심 어린 표정으로 말했다.

"그대들은 천하에 유일한 내 혈족들이오. 그토록 어렵게 만났는데 만약 그대들에게 무슨 일이 생긴다면 나는 하늘을 우러러보고 살지 못할 것이오."

진검룡의 진심 어린 말에 진씨 일가는 마음이 크게 움직였다.

그때 민수림이 불쑥 말문을 열었다.

"여러분이 그렇게 해주신다면 이분은 천군만마를 얻은 것 같을 거예요."

민수림이 그런 말을 할 줄 몰랐던 진검룡과 부옥령은 깜짝 놀랐다.

민수림은 그윽하고 차분한 목소리로 말을 이었다.

"저희와 함께 영웅문으로 가신다면 숙부님들과 친지분들을 제가 정성껏 모시겠어요."

진검룡은 부친을 만나서 확인을 한 후에 진씨 일족에게 예의를 갖추겠다는데 민수림은 대놓고 숙부와 친지라고 잘라서 말했다.

그렇지만 진검룡은 민수림을 나무라기는커녕 그녀에게 고마움을 느꼈다.

자신이 절차상의 문제로 하지 못하는 것을 그녀가 대신 해주고 있었기 때문이다.

진운하는 너무도 감격스러워서 걷잡을 수 없이 눈물을 흘리며 훌쩍거렸다.

“황송한 말씀이라 감당하기 어렵습니다… 거두어주신다면 기꺼이 따르겠습니다.”

입술을 잘근잘근 깨물고 있는 진수향이 이윽고 결심한 듯 민수림에게 물었다.

“실례지만 소저께선 대인과 무슨 사이인가요?”

그러자 모두의 시선이 민수림에게 집중되었다.

민수림은 잔잔하지만 또렷한 목소리로 대답하면서 진검룡의 손을 잡았다.

“나는 이분과 혼인할 사이예요.”

『붕정대연가(鵬程大戀歌)』 13권에 계속…